OUR LOVE
擦肩而過，我和你的愛情

「我喜歡你」是一個人的心事，「我愛你」是兩個人的故事。

網路小說人氣作家
Sunry——著

有沒有那麼一個人，是你用一輩子的時間，也沒有辦法忘記的？

在純真的歲月裡，我們一定都曾經深深的愛過一個人，用竭盡心力的方式，燃燒生命般的愛著他。

然而，就算再怎麼愛，一旦緣分淺了、淡了、遠離了，你，終究還是會失去他。

或許失去的，不僅僅只有他，還有你們生命裡最美好的，那段時光……

遺忘，比思念還難

知道周曉霖這個人，是在李孟奕國中二年級的時候。

李孟奕跟周曉霖並不同班，甚至就連交友圈，也沒有任何交疊，不過本來在學校裡沒沒無聞的周曉霖，不知道因為什麼原因，在升上國二後，成績卻忽然突飛猛進到令所有的人跌破眼鏡的地步，彷彿天下無敵手般的打敗同年級的所有高手，穩居二年級平均成績第一名的寶座。

不只因為優秀的成績讓她頻頻在朝會時候，被唱名到司令台上領獎，一些校內大大小小的比賽，也常聽見她被叫上台去受獎。

一瞬間，周曉霖變成校內的名人。

不過這些消息對李孟奕來說，並沒什麼要緊，反正他本來就不喜歡念書，所以誰成績好、誰上台領獎，對他而言，也沒什麼好在意。

李孟奕家裡開工廠，頗有一點錢，爸爸又是家長會會長；他雖然不愛念書，但因為記憶力驚人，功課一直維持在中上程度，所以在學校還算吃得開。

只是他一天到晚，老跟些狐群狗黨混在一起，偶爾捉弄一下同學、被打小報告到學務處去，雖然常被老師或主任叫過去唸個幾句，但看在他爸的面子上，不曾真的找過他的麻煩。

不過也仗勢這一點，他才無所懼，繼續成天跟那些外表看起來素行不良的學生們混在一起，完全不理會老師們的苦口婆心。

李孟奕是李家一脈單傳的第三代男丁，爺爺、奶奶和他媽媽，全都寵他寵的不得了。雖然他爸對他是嚴厲了點，不過，倒也不曾動手打過他，最多只是板起臉孔，厲聲罵他幾句，罵完他再責怪他媽媽，說孩子都是被她寵壞的。

在升上國中後的那一陣子，最常掛在他爸嘴邊的一句話就是「慈母多敗兒」！

這曾經是李孟奕在這個世界上最反感的五個字，因為它包含了太多太多的否定與輕視。每次，當他爸這麼數落他時，他的心裡總會升起小小的叛逆，那份叛逆，偶爾會不小心的爬上他的臉，變成不屑的表情。

那段時期，他跟父親處得非常不好，父子倆幾乎不交談，形同陌路；非得有事要溝通時，兩個人卻又老是講不到幾句話，就忍不住擦槍走火，搞得連他媽媽在一旁都緊張。

但李孟奕陰晴不定的脾氣，只有在面對父親時，才會控制不住的發作，但面對母親時，他卻總是笑咪咪，一副乖兒子的模樣。

　　儘管十分討厭「慈母多敗兒」這句話，但偶爾當李孟奕不小心闖禍時，他卻又會自開玩笑的對媽媽說：「媽，果然是慈母多敗兒啊！」反把他媽媽搞得哭笑不得。

　　不過在李孟奕的心裡，他深深覺得慈母不一定多敗兒，媽媽的溫暖存在，是為了平衡爸爸的嚴厲，讓孩子受創的心靈，能夠得到撫慰，不致於對這個世界產生太多絕望。

　　「喂，你們會不會覺得六班那個周曉霖真的很變態？成績這麼好是要幹麼！」

　　有次中午午餐時間，李孟奕拎著便當，又跟他那些狐群狗黨跑到學校實驗大樓的頂樓樓梯間，邊吃便當邊聊天。

　　這裡是他們的祕密基地，平常不太有人會來，所以他們經常跑到這裡聚會，聊一些不怎麼營養的話題，比如學校哪一班的哪個女生長得很正、或是誰誰誰前幾天看到哪個人跟他女朋友在哪裡肉麻放閃、還是某某人因為不爽，昨天在回家的路上堵人，嗆聲要找人去修理對方等這一類對未來或人生沒任何建設性的話題。

　　每次身邊的朋友聊起那些話題時，李孟奕都只是安靜的聽，不發表任何意見，只有在偶爾聽到他們說要揪人去給誰一點教訓時，才會淡淡的說一句，「你們少幼稚了啦！不過是件小事，有必要把事情鬧到這麼大？」

　　可見李孟奕雖然個性有些反骨，但總還知道節制，就算總跟那些被師長視為異類的朋友們混在一起，倒還不曾莽撞失控。

「周曉霖的成績好，關你屁事？」

李孟奕低頭扒著飯，不言不語的聽著他身旁的朋友談論著周曉霖。

「你知道她這次數學考幾分嗎？」

「幾分？」

「很變態的分數耶。」

「到底是幾分？」

「九十三分。」

「哇靠……」一群人瞬間驚呼，接著幾個人異口同聲，「真的超變態！」

「是不是！我就說嘛，我覺得她喔，一定不是地球人啦！說不定是哪個星球的外星人偷偷易容，混入地球的，就像電視上演那種不小心掉到地球又回不去自己星球的外星人，搞不好她其實已經在我們這裡生活兩百年了喔！」

發表高見的傢伙叫楊允程，一群人裡面就他話最多，什麼話題都能說，百無禁忌。只要有他在的地方，肯定不冷場。

「這次數學我們班考及格的人不到一半欸，最高分也才七十幾分，那個出題老師真是有夠神經病的，但周曉霖也太變態了，居然考這種分數，是想逼死誰？」

「我們班也是！老師昨天在發數學考卷時，氣得手一直抖，看起來就像快中風那樣，一直說他快被我們氣死了……真是奇怪！我們又不是故意考這種分數，題目難成那樣，誰會寫？他怎麼不去罵出題老師，竟然反過來飆我們？真他媽的有夠機車的！」

「喂，李孟奕，這次數學你考多少？」

發現李孟奕一直低頭扒著飯，反常的不吭半聲，楊允程突然掉過頭來問他。

李孟奕嘴裡塞滿飯粒，頭連抬也不抬，含糊的回答，「八十六。」

身旁的朋友又是一陣驚呼。

「靠，你也滿變態的嘛！」楊允程叫著，「雖然沒有周曉霖變態，不過也太不正常了！」

李孟奕不以為意的抬頭瞄了他一眼，問：「要考什麼樣的成績才叫正常？」

「當然是不及格啊。」楊允程說得理所當然，「像我考四十九分，這分數就滿正常的。」

「我也是，我考三十六分。」

「我五十三。」

「我四十七。」

瞬間，大家居然揚揚得意的比較起誰的分數爛。到後來，李孟奕才知道，整掛人裡面，就只有他跟另一人的分數是及格的。

「喂，李孟奕，我們這群人裡面，就你的成績最好，既然這樣，你要不要拚一下，看看下一次的段考能不能拚過周曉霖，挫挫她的銳氣，不要每次都讓她當第一名。看她上台領獎看到都膩了，偶爾寶座也要換別人坐坐看才公平嘛，你說對不對？」

面對楊允程無聊的提議，李孟奕完全沒有任何興緻。

「沒興趣。」他扒完最後一口菜，闔上便當盒，又套上橡皮筋，把空便當盒丟進一旁的塑膠袋裡。

「幹麼這麼冷淡？」楊允程推推李孟奕的肩，還想說服他。「你都不覺得周曉霖那個死樣子很驕傲、很欠扁嗎？第一名有什麼了不起？她跩個屁喔！」

李孟奕沒見過楊允程這個樣子，他向來嘻嘻哈哈，不會特意用言語攻擊誰，但今天卻很反常的一直提起周曉霖，這個怪異的行徑，不由得引起李孟奕的好奇心。

「她惹到你？」

「沒有。」

「那你幹麼對她那麼有偏見？」

「就、就……」楊允程抓抓頭，欲言又止，最後壯膽似的揚聲，「唉唷，反正我就是看她不爽啦！」

「為什麼不爽？」

「不爽就是不爽啊，一定要有原因喔？」

對！不爽一個人，不一定要有原因，誠如喜歡一個人，也沒有絕對的因素。

後來李孟奕才知道，楊允程會這麼不爽周曉霖，是因為她居然當著他的面，毫不留情的撕掉他寫給她的情書。

據說那是他花了一個晚上的時間，絞盡腦汁，用盡所有他所知的美好詞彙，好不容易才寫出來的一封信。

結果周曉霖只花了不到三秒鐘的時間，就直接撕毀了信件，連拆開來看一眼都省略了。

「……難怪你會這麼生氣。」

放學回家的路上，李孟奕本來是一掛人一起走路回家。但同伴們一個一個都到家了，只剩他跟楊允程因為住得比較遠還沒到。兩人並肩走在夕陽餘暉照耀的柏油路上，身後是兩人交疊在一起，被拉得長長的影子。

當李孟奕突然開口說起從其他人那邊聽來的傳言時，楊允程本來沒什麼表情的臉上，瞬間變得憤憤不平。

「去你母親的，林佑軍那個死胖子，都叫他不要說了，他還告訴你！」說完，他洩恨似的，狠狠的踹了腳邊的小石子，把石頭踢飛得老遠。

「不是林佑軍跟我說的。」李孟奕壞壞的咧嘴笑著，「是江禹錫告訴我的。」

「靠！連江禹錫那個大嘴巴都知道？」

「江禹錫跟我說，是陳敏新告訴他的……」李孟奕又補了一刀，然後看戲般的欣賞楊允程激動的反應。

「哇靠，死胖子林佑軍到底是跟幾百個人說啊？」

「也沒多少人吧！不過我猜，我們那一掛人應該差不多都知道。」李孟奕一個迴身，又是一刀……真是刀刀見血，彷彿要逼得楊允程當場斃命。

「他父親的母親的！」他氣急敗壞的調頭往回走。

「喂，你要去哪裡？」李孟奕見苗頭不對，連忙回身追上。

楊允程頭回也不回，「去找林佑軍算帳啊！」

「神經喔你，」李孟奕伸手拉住他的書包，不讓他再往前走，「他話都說出口了，你現在找他算帳有什麼用？更何況他只是跟我們說出實情，又沒有造謠，你生什麼氣？」

「氣他沒幫我保守祕密啊。」

「算了吧！不過，都什麼時代了，追女孩子你居然還用寫信那一套，這樣是要追到什麼時候才追得到？」李孟奕扯著他繼續往回家的方向走，邊走邊開導，「人海戰術，你懂不懂？我們人這麼多，你每天都到她身邊去繞一繞，我們就在一旁搖旗吶喊，當你的軍師，幫你製造機會接近她，還不怕她不乖乖束手就擒？」

「萬一沒有用呢？我聽說她對男生根本就不屑一顧。」楊允程沒把握的嘆氣。

「也差不多是情竇初開的年紀了吧，她再怎麼鐵石心腸，也總會軟化！」李孟奕拍拍好友的肩，鼓舞他，「更何況你長得不差，在我們同年紀的男生裡算帥的，雖然……還差我那麼一點，哈哈哈！」

楊允程本來還有些感動，但聽到後面那句自吹自擂，感動的情緒蕩然無存。

「很臭屁嘛！」他斜睨了李孟奕一眼，眼神裡滿是不屑。

「哼！我哪有臭屁？」李孟奕不服氣的從書包中掏出幾封五顏六色的信，每封信都被折得很花俏，有愛心形狀的，也有星星形狀的，「這是我這星期收到的情書，不過我奉勸你不要看。」

「為什麼？」

「怕你看完會自卑。」

「自卑你母親啦！」楊允程一拳揍進李孟奕的肩窩裡，嘴邊卻忍不住噙著笑。

李孟奕也跟著笑起來。

他們兩個人在認識初期，楊允程總滿口髒話，不是「他媽的」，就是「×你娘」，聽得李孟奕渾身不舒服。

終於有一天，李孟奕受不了了，向他提出建議，「喂，你不會覺得這樣滿口穢言，很沒氣質嗎？我們好歹也讀書受教育，就算是罵人，也總該稍稍修飾一下用語吧？」

也不知道李孟奕的話是不是刺激楊允程有所反省，總之，楊允程若有所思的想了一會兒，重重的點了點頭，算是認同。

「的確，」他說：「再怎麼說，我們也算是讀書人嘛！」

李孟奕欣慰的笑了笑，深覺孺子可教也。

「那……他母親的，你那臉淫蕩的笑是怎樣？」

李孟奕的頭上瞬間飛過幾百隻烏鴉！這個楊允程果然是塊朽木，而且是塊再怎麼努力，也雕不起來的腐木。

自此之後，楊允程罵人的時候，只要牽扯到「媽」或「娘」，全都自動把它替換成「母親」，至於「他奶奶的」一詞，依他的罵法，就代換成「他父親的母親的」。

總之，因為楊允程的關係，李孟奕才算注意到周曉霖這號人物。

在他們這個年紀，已經開始有了較深的同儕觀念。

女生的交情很微妙，不管要去哪裡，總是會手勾著手走，就算是去上個廁所，也非得呼朋引伴不可，好像唯恐其他人不知道她們的情誼有多深。

但周曉霖卻總是像個獨行俠一樣的獨來獨往，身旁沒有半個朋友。在李孟奕的觀察下發現，她彷彿從不輕易跟人交談。

不同於周遭同學的精心打扮，周曉霖的髮長總是在肩上，也從來不曾配戴過色彩鮮豔的髮夾或髮束，她總是用黑色小髮夾，將劉海夾在側邊，模樣說有多俗氣就有多俗氣。她臉上還戴著一副黑色加厚塑膠框的眼鏡，一派路人甲的不起眼模樣，是那種就算從你身旁走過二十次，仍不會注意到的普通人。

李孟奕想，真不知道楊允程到底看上她什麼？除了功課好，她好像已經沒有什麼優點了。

「喂，楊允程，來說說你到底是看上周曉霖什麼地方吧！我觀察了幾天，實在找不出她身上有什麼吸引人的特點。」

幾天後回家的路上，依照慣例，一群人走著走著，各自到家後，就只剩下楊允程跟李孟奕兩人。李孟奕忍不住好奇的開口問。

楊允程向來天不怕、地不怕，這會兒，卻突然漲紅了臉，一副欲言又止的模樣。

「幹麼，害羞喔？這裡又沒有別人！快點從實招來，坦白從寬。」

看著楊允程羞澀的表情，李孟奕覺得很有趣，卻又不能在朋友面前笑開，只好努力憋著。

楊允程掙扎了半天，吶吶開口，「就……呃，那個……」僵持半天，依然說不出完整字句，最後他拋棄尊嚴般的大喊，藉嗓門壯膽，「唉呀，喜歡要有什麼原因嗎？反正我就是覺得她很正啊！」

「她很正？」李孟奕像看到什麼驚人畫面般的瞪大眼睛，「楊允程，你眼睛有問題嗎？」

「那是你不懂。」楊允程不服氣的反駁。

「我的確不懂。」李孟奕搖搖頭，一副沒輒的語氣，「全世界大概只有你能看得懂她的美麗吧！」

楊允程賭氣的不肯再說一句話，於是兩個人就這麼沉默的走回家。

李孟奕的家先到，楊允程還要再往前走一個十字路口才會到。

「欸，楊允程！」李孟奕在家門前停住，望著對方繼續向前的背影，出聲叫住他。

楊允程停下腳步，雙手插在褲子口袋裡，卻沒回頭，聲音悶悶的，聽得出還在不爽。

「幹麼？」

「我幫你追周曉霖啦。」李孟奕望著好友的背影，試圖緩和氣氛。

楊允程沉默片刻，聲音不輕不重的，「隨便。」

「還有，」李孟奕很想過去捶他的肩膀，或像平常那樣，笑嘻嘻的用力推一下他的頭。他真不習慣這樣子的尷尬氣氛。「對不起，我真的沒有批評周曉霖的意思。」

楊允程佇在原地半晌，突然轉身走過來。

李孟奕不知道對方要幹什麼，只見楊允程走到面前，不由分說舉起拳頭揮過來，力道不是很重的捶在他的左手臂上，聲音裡終於摻進笑意。

「下次再讓我聽到你講任何周曉霖的壞話，就不是這樣而已了。」

夕陽餘暉下，兩人本來還互瞪著對方，但幾秒鐘後，又前嫌盡釋的笑了起來。

在那個沒什麼煩惱的年紀裡，所有的愛恨情仇，都是太遙不可及的事。

就像空氣和太陽般自然，喜歡你也彷彿天經地義，是那麼義無反顧的自然。

雖然承諾過不會再在楊允程面前指派周曉霖的不是，但她的確不是那種可愛的女生。

「不可愛」不是指她的外表，而是她的個性。

李孟奕沒見過比她更孤僻、個性更怪的女生了。

「欸，楊允程，你要不要考慮一下，換個人暗戀，說不定會比較有成就感一點？」

又是放學的途中，依然是只剩他們兩個人的歸途，李孟奕誠心誠意的向好友提議。

「你什麼意思？」楊允程轉過頭來，眼光裡有殺氣。

李孟奕忍不住想要嘆氣。這個人，怎麼會把別人視之如蔽屣的女生當女神？他簡直想建議對方去看眼科醫生。

為了說服朋友，他只好把昨天去便利商店買東西的途中，看到的情況，一五一十的告訴楊允程。

原來前一天是假日，李孟奕在家打了一天的電動，黃昏的時候，口渴得緊，冰箱裡又沒有解渴的果汁或汽水，只好抓了把零錢，塞進褲子口袋裡，隨便趿了雙夾腳拖鞋，跨上腳踏車，直接往離家最近的那間便利商店前進。

才剛騎到商店門口，他就看見一旁的巷子裡，有個熟悉的身影。

周曉霖！

不穿制服的她，看起來好像順眼多了。髮前的劉海終於不再往側邊夾，而是覆蓋在額上，黑膠厚框眼鏡也不見了，一雙大大的眼睛，襯托出清新的氣質。

李孟奕突然意識到，原來周曉霖……不難看嘛！

不過下一秒，他忍不住皺起眉頭。

就見周曉霖的胸前抱著一瓶醬油，一張臉看起來很不耐煩，身體左閃右閃的，而她身旁站了三個大男生，其中一人老是伸手去要拉她，但總被她躲過去。

原來也不是什麼檢點的女生啊，這麼小就跟社會人士交往！

雖然心裡這麼想，但李孟奕還是忍不住往那群人的方向靠過去，想聽聽他們到底在講什麼，該不會是在談判吧？

一靠近才聽清楚，原來那幾個人是想搭訕周曉霖。

又是群瞎了眼的傻瓜！李孟奕在心裡又OS了一句。

他本來不想理會，打算轉身折返便利商店，但其中一個男生的言詞突然鑽進耳裡。

「……幹麼那麼矜持？不過就是一起去吃個飯、唱個歌嘛，這又沒什麼！而且是我請客喔。」

「對不起，我沒興趣。」周曉霖的聲音跟她的表情一樣冷。

「靠妳媽個B，是在耍什麼大牌啊！竟然讓老子花這麼多時間在這裡跟妳喬時間？不管啦，跟我們走就對了！」

另一個男生突然不耐煩的大起嗓門，氣氛瞬間火爆起來。

「放手……你放手……」周曉霖本來冷冷的聲音，變得有點緊張。

李孟奕驚覺情況不對，馬上轉身衝過去。

「你們在幹麼？」李孟奕指著對方三人，正經八百的表情有超齡的成熟。

乍然間，全部的人目光全看向李孟奕。

「關你什麼事？」其中一個男生本來臉上還有一點警戒，但發現站在面前的是個國中生，緊繃的神態馬上鬆懈下來。

「她是我妹妹！」李孟奕指著周曉霖，一字一句，清楚的說著，「周曉霖，過來！媽說妳買東西買太久了，叫我來找妳。」

周曉霖站在原地，一動也不動的看著他。

這個人的神經未免也太大條了吧！李孟奕不耐煩的想著，是看不出來人家正在幫她嗎？

看不下去周曉霖的傻樣，李孟奕正打算走過去拉她的手時，那三個男生突然擺擺手，丟下一句，「真沒勁，居然連哥哥都出動來救援，算了！我們走吧！」然後就離開了。

他們走了，李孟奕站在原地看周曉霖如何反應，就看她很快恢復平日不苟言笑的晚娘面孔，重新抱好醬油瓶，朝自己的方向走過來。

李孟奕氣定神閒的等她走近，打算接受她的道謝。他還想好了，如果她向他道謝，他一定要學電影裡的英雄一樣，擺擺手，說：「這又沒什麼。」然後帥氣的轉身離開。

只是沒想到，周曉霖居然酷到連一句「謝謝」也不說，直接就從他身旁走過去。

李孟奕被這不是他腦海裡排演的突發劇情給愣住，兩秒鐘後，他反應過來，馬上邁開腳步，追到她身邊。

「喂妳！太沒禮貌了吧？我好心救妳，妳居然連一句謝謝都不說！」

周曉霖完全無動於衷的繼續走著。

「我又沒有求你救我。」她冷冷的回答。

他氣得差點吐血！

「所以妳的意思是，我剛才應該冷眼旁觀，不應該雞婆多事？」

周曉霖沒再說話，薄薄的唇抿成一直線，眼光只望向前方，彷彿連瞄李孟奕一眼都嫌費力。

她的意思再明顯不過了，擺明了就是直指李孟奕剛才英雄救美的行徑，根本是多此一舉。

李孟奕只覺得胸口有股火在燒……怎麼會有這麼不知感恩的人啊！

楊允程真是瞎了眼，喜歡冰山就算了，偏偏還是一座不近人情的高冷冰山，真不曉得像她這樣的脾氣，要碰到什麼樣的人才能徹底融化。

可能一輩子都很難融化吧！

這麼孤僻、驕傲、難搞、冷淡、沒人緣……

想一想，她的缺點還真不是普通的多！

想到這裡，李孟奕忍不住笑出來。這突如其來的「噗哧」聲，倒引起周曉霖好奇的目光。

不過她只是奇怪的看了他一眼，臉上倒是沒什麼表情，馬上又轉頭看著前方，嘴巴卻不肯饒人的哼了句，「神經病！」

神、經、病？

她居然罵他神經病？

到底是他神經病，還是她腦袋有破洞？

「所以楊允程，我很真心誠意的建議你，像這樣又驕傲又不懂得感恩的人，真的不值得你花時間去喜歡啦！」

李孟奕把昨天的狀況交代完畢後，又冒著可能會被楊允程拳頭揍死的生命危險，忍不住再度批評了周曉霖一番。他邊說邊用眼睛緊盯著楊允程瞧，考慮著萬一情況不對勁，是該先尖叫呼喊救命，還是直接拔腿逃跑……楊允程打人確實挺痛的。

「換個人暗戀，說不定還有開花結果的一天喔。」這是他良心的建議。

「神經喔！喜歡就喜歡，怎麼可能變來變去，又不是說要換一個人喜歡，馬上就能不再喜歡自己喜歡過的人。」楊允程像繞口令一樣的說著，「而且，誰說暗戀一定要有結果？大部分的暗戀本來就是不會有結果啊，我也沒打算跟周曉霖有什麼結果，那太難了啦！她本來就是女神，只能放在腦海跟夢想中，現實生活裡，我跟她是兩條平行線，沒辦法交疊的。」

女神？女神……個屁！

李孟奕實在很難把周曉霖的外貌跟「女神」這個名詞畫上等號。

他覺得楊允程簡直是鬼迷心竅了。

「如果你想聽到的是一句謝謝，那這句話我代替周曉霖跟你說。」楊允程認真的站在李孟奕面前，深深的朝他一鞠躬，說：「謝謝你救了周曉霖，她心裡一定很感謝你。」

李孟奕有點瞠目結舌，楊允程是那麼自大又驕傲的人，就算闖禍了，被老師拿棍子打手心，打到手心都紅腫了，也絕對面不改色，甚至不可能屈服的說出「對不起」這三個字，可現在居然站在他面前，畢恭畢敬的朝他鞠躬，只為了一個他暗戀的女生！

瘋了……楊允程瘋了！為了一個女生徹底的瘋掉，變成李孟奕最陌生的人。

愛情，果然是世界上最可怕的東西，它一定是外星人散播在地球，要用來征服地球人的恐怖細菌，只要染上了，必死無疑。

愛情，是世界上最可怕的東西，一旦染上了，就注定無藥可醫。

年少時期的暗戀總是很單純。心裡不會有太多的渴望，只要能看見喜歡的人臉上的笑容，只要自己喜歡的人也有一點點關心自己，只要能跟自己喜歡的人眼光不輕易的觸碰……這些長大後再回頭去看，顯得既幼稚又平凡的舉動，卻能在那輕狂的年歲裡，釀造出飽滿的快樂與喜悅。

不過很可惜，這些快樂與喜悅，並沒有發生在楊允程身上。

周曉霖的臉上既沒有同齡女生常掛在臉龐的笑容，也絲毫不知道楊允程的存在，更不可能跟楊允程激起四目相交後爆炸性的火花。

「楊允程，你放棄吧，找個更好的人啦！」

哥兒們不止一次這麼勸過他，但楊允程這個人就是固執。

國二寒假結束後，楊允程簡直變了一個人，他開始拿起課本來讀，而且是無、時、無、刻！

下課時，一群人嘻嘻哈哈靠在自行車車庫前的矮圍牆旁東聊西聊時，楊允程就抱著歷史課本安靜的默背；中午當大家照慣例到實驗大樓頂樓樓梯間吃便當時，他總是在大腿上放著一本國文課本，邊吃飯邊背詞語解釋；傍晚放學，大夥兒邊走路回家邊喧嘩聊天時，他手上也拿著一本小小的英文單字整理簿，嘴裡唸唸有詞的背單字。

剛開始，他的改變讓朋友們很不適應，以往是整群人裡面最吵、最會帶動氣氛的主角，突然變得這麼安靜又破天荒的用功起來，真讓人以為他是不是受到什麼重大打擊，腦神經系統整個壞掉了。

當楊允程第一天反常的變化時，大家都覺得他大概只是一時起意，也沒多講什麼，還私下打賭，猜他的讀書熱度能夠維持多久。

「我猜是一個星期。」有人這麼說。

「五天吧，頂多。」馬上有人吐槽。

「三天！」

「別傻了，明天他就正常了啦！」

「吼，你也太看得起他了吧！我猜他撐不到放學就放棄了。拜託喔，課本對我們來說，根本就是天書，看都看不懂……」

然而，楊允程骨子裡的固執性格，用在他生命裡的任何一個地方，都表現出相同的堅持。

他撐過了第二天、第三天、第五天、第七天……他開始變成一個用功的學生。

「你真的打算改邪歸正？」

第八天回家的路上，李孟奕終於忍不住開口問。

楊允程看他一眼，又瞄了一眼手上的英文單字整理簿，一副心不在焉的模樣，「什麼改邪歸正？」

「這個啊。」李孟奕指指他手上的小冊子，「你終於下定決心要好好讀書了？」

「不這麼做，怎麼引得起周曉霖的注意？」

又是周曉霖！

「好好讀書就能引起周曉霖的注意？」李孟奕沒辦法把「讀書」跟「周曉霖」聯想在一起。

「也不一定，」楊允程嘴裡還是唸唸有詞的背著單字，幾秒鐘之後，他才回答，「不過至少我努力了。」

在那當下，李孟奕心裡是佩服楊允程的。

他佩服他的勇氣、他的努力、他的不肯輕易放棄，也佩服他的喜歡是不給人壓力，他不會去死纏爛打，只是安靜的喜歡她，也默默的改變自己，讓自己變成一個更好的人，變成一個想去吸引周曉霖注意的那個人。

只是努力與收穫往往不是對等的。

二下第一次段考成績出來，楊允程的成績雖然大大進步，卻仍落後周曉霖很多，不過他並沒有因此喪志，反而更加努力。

李孟奕的鬥志大概就是這樣被激發出來的。

他太了解楊允程的程度了。有些人只要隨便翻翻書，就能在腦海裡迅速的組織個大概，再針對重點看一下，就能輕鬆拿到好成績；但有些人，即使整本書翻到要爛掉，也把常考的題型跟答案都背到滾瓜爛熟，可考出來的分數仍然差強人意。

楊允程就是後者。

他的基本基礎打得不好，尤其是碰上像數學或理化之類的科目，楊允程的貧瘠程度馬上就顯露無遺。

既然楊允程沒那能耐，那就由他來幫忙代打好了！李孟奕抱著這種重情重義的想法在念書。

只是第二次段考成績出來時，他也沒能追得上周曉霖的排名。

「嘿，很厲害嘛，全校前十名欸，看不出來你這麼有實力！」有朋友拍拍李孟奕的肩膀稱讚他。

「找一天請客啦，考這種好成績，我看你的零用錢大概又要增加了。」也有人覺得逮到這種大好機會，不趁機揩油好像說不過去。

「太強了！明天我要去跟我們班上的人好好炫耀一番，讓他們知道，我們雖然是老師們眼中的頭痛人物，但裡面也有很會讀書的人呢！不能老讓人家看不起我們，覺得我們是一群廢渣……」

「李孟奕你要繼續保持下去，希望全都靠你了！」

成績公布的那一天，李孟奕面對哥兒們的祝賀，卻一點也高興不起來。

他的臉上沒有半點笑容，朋友們的恭賀也全都成了耳邊嗡嗡嗡的吵雜聲，他根本就沒在聽他們的說話內容。腦袋裡，只是不斷又不斷的迴盪著一句話，最後，他終於無比煩躁的把心裡的那句話嚷出來——

「他母親的！那妖女是有什麼通天本領嗎？我這麼拚死拚活的念書，怎麼還是輸給她？」

他一嚷完，四周瞬間寂靜，所有人全都拿眼睛盯著他看，李孟奕這才驚覺糗大，怎麼就這麼把心裡話講出來啦？還用這麼高分貝的音量叫嚷，好丟臉！

不過這群兄弟倒是沒人笑他，不知道是誰先拍拍他的肩膀，鼓舞的說了句，「下次！下次你一定會贏過那妖女！」

「沒錯沒錯，你那麼聰明，妖女哪是你的對手？」

「再接再厲吧，兄弟們一定會挺你的！」

大家你一言、我一句，在放學的路上，笑聲朗朗。

在朋友的安慰下，李孟奕突然覺得心情好像也不是那麼糟嘛！更何況，學校的考試那麼多，他也不必急於一時要贏過周曉霖啊。就像身旁朋友說的，反正還有下一次！下次不行就再下一次，再不行就下下次、下下下次……

只要在畢業前，能踹掉她蟬聯全校第一名的紀錄，挫挫她眼高於頂的銳氣，讓她知道「人外有人、天外有天」這個道理就好了。

李孟奕當下決定，回家後要拜託媽媽幫他請個數學家教跟英文家教，加強一下他的底子功，就不信贏不了周曉霖那妖女。

「楊允程你放心，你的心願我一定會幫你達成的，交給我吧。」

那天跟楊允程道別的時候，李孟奕把雙手搭在好友肩上，眼神誠摯、態度誠懇的承諾。

但楊允程只是淡淡的笑了笑。那淺淺的笑容裡，不知道為什麼，竟然有一點點寂寞的味道。

李孟奕不明白楊允程為什麼不像平常那樣開朗的咧嘴笑，或者掄起拳頭，毫不留情的朝他的肩窩揍一拳，再用他熟悉的不得了的誇張腔調說：「你發什麼神經啊，講那是什麼屁話？」

但楊允程什麼都有沒說，也沒有做，只是那麼淡淡的、寂寞的笑著。

「那……加油吧！」最後，楊允程丟下這句話，擺擺手走了。

在那個強說愁的年歲裡，即使是眼淚，也有著詩一般的美麗與哀愁。

接下來的日子裡，李孟奕簡直換了個人，他的成績突飛猛進，上課也不再像之前那樣托著腮看窗外發呆，或是乾脆放棄人生般的直接趴在桌上睡覺……他的轉變讓老師們覺得開心、父母親感到欣慰。

然而即便李孟奕有了讓大人們欣喜的改變，不過在某些事上，他卻有著頑固的堅持。

比如，他依然堅持要跟那群師長眼中的狐群狗黨混在一起；依然堅持在午餐時刻拎著便當到實驗大樓頂樓樓梯間，跟這些所謂的「不良學生」們一起吃飯聊天；依然會堅持在傍晚時分，一夥人成群結隊、浩浩蕩蕩的踩著夕陽餘暉，嘻嘻哈哈的走路回家。

一切彷彿沒什麼改變，卻又似乎有哪些地方不太一樣。

李孟奕雖然是男生，不過他從小心思就比一般男生還細膩，所以即使楊允程仍一如往常的跟大家玩在一起，不過，他仍隱隱感覺楊允程笑容裡、說話語氣裡，那細微的不易察覺的改變。

「欸，你怎麼了？」

某天中午吃過午餐，在午休鐘快要敲響之前，李孟奕跟楊允程肩並著肩，走在通往二年級教室的花圃間。

已經是初夏時節，雖然早晚的氣溫還有些冷，但樹上綠葉成蔭，花圃裡也是一片欣欣向榮的氣象。

「什麼怎麼了？」聽見李孟奕這樣問，楊允程也不轉頭，聲音悶悶的回答，很明顯是在裝傻。

「你最近怪怪的。」

「有嗎，哪裡？」

「……不知道。」李孟奕想了想，最後聳肩。「反正就是覺得你變怪怪的。」

「別瞎想。」楊允程的唇角淡淡的勾出一個上揚弧度，「倒是你，最近挺用功的嘛，你們班的朱俞青跟我說，你簡直就變了個人，小考成績嚇嚇叫，很厲害啊。」

「還不是因為你。」李孟奕把手搭在他的肩上，笑嘻嘻的說：「為了要幫你挫挫周曉霖那妖女的銳氣，我還拜託我媽砸錢幫我請數學跟英文家教。我就不信，依我聰慧的理解能力跟過人的記憶力，會贏不了周曉霖那妖女——」

李孟奕話還沒說完，楊允程就用手肘輕輕的撞了他兩下。

「幹麼？」他轉頭盯著楊允程，不能理解對方的暗示，意猶未盡的繼續說：「周曉霖那妖女啊——唉唷！楊允程，你幹麼啦？」

突然吃了楊允程一記拐子，李孟奕吃痛的摸著自己側胸，埋怨的瞪著對方，嘴巴憤憤的叫著，「謀殺嗎……」

那個「嗎」字在瞥到眼前的人後，尾音因為過於驚嚇而拖長，嘴巴也無意識的變成「O」字型。

只見周曉霖冷冷的轉頭看了他們一眼，什麼話也沒說，就從他們身旁經過。雖然她一句話也沒有說，不過光一個眼神，就能殺人於無形。

待周曉霖走遠了，李孟奕才趕緊闔上因為過度驚嚇而傻傻張開的嘴，三秒鐘後，他不安的用手臂撞撞一旁的楊允程，問：「欸，她聽到了嗎？」

「聽到什麼？」

「我叫她妖女周曉霖。」

「廢話，你講得那麼大聲。」

李孟奕頓時有種五雷轟頂的錯覺，就像卡通裡的人物，在受到極大震驚後，頭上劈下閃電，整個人石化，再碎裂成一塊塊的碎石一樣。

太可怕的感受了！

「不過反正也沒關係啦，你不是本來就對她很有意見？讓她討厭你一下，也沒什麼要緊吧！」看李孟奕那大受打擊的模樣，楊允程倒是很有同學愛的反過來安慰他。

李孟奕想想也對，周曉霖又不是他的什麼人，他在乎她的感受幹麼？就算被討厭，他也不會掉塊肉啊！那管她做什麼？

反正不是在乎的人！

這麼一想，好像也就不再介意被她聽到後的心情反應了。

不過，雖然他試著不在意對方的反應，但「妖女周曉霖」這個稱號不知怎麼的，居然在校園裡傳開來，後來幾乎全校的人，都會在周曉霖的背後叫她「妖女」。

李孟奕對她的愧疚心，又再度被燃燒起來。

這都怪他！要不是他成天在他那群哥兒們面前管周曉霖叫妖女，她也不至於多了這麼一個妖魔化的綽號。可是千金難買早知道，木已成舟了啊！

周曉霖彷彿知道這個綽號是從他口中說出來的，有幾次不經易在校園裡相遇時，她總是瞪著他。真的！不是「看」，而是「瞪」，像要將他千刀萬剮一樣的瞪著。

李孟奕每次都很心虛的移開眼，心裡不斷的盼望著自己能趕快遠離她的視線範圍，他可不想被她灼烈的目光盯著看，彷彿只要被她的眼光一觸及，就會馬上被那殺氣騰騰的眼光灼開幾個洞來。

不過除了對他昭然若揭的敵意外，她倒是不曾來找他興師問罪，也不曾找過他什麼麻煩，有兩、三次，英文老師還讓她送李孟奕這班的英文作業來給他，而那幾次，她也只是盡責的把英文作業本交到他手上，什麼話也沒有對他說。

不知道從什麼時候開始，李孟奕開始留意起周曉霖。

跟之前不一樣的是，他已經能一眼就從人群中看見她的存在，而且慢慢覺得，她雖然態度總是很冷淡，又高傲得像隻驕傲的孔雀，但自己居然不覺得討厭。

有一次，他被老師指派到二年級導師辦公室取數學平時測驗考卷，在下樓的樓梯轉角處，他聽到樓下有個男生顫著聲音，結結巴巴地說著，「我、我、我很喜歡妳，請妳……請妳看看這封信，好嗎？」

哇，是告白啊！

他登時放輕腳步聲，從樓梯轉角處偷偷的探頭，想看看到底是誰在樓下跟人告白。

告白的男生，李孟奕見過，是二年八班的人，不過不知道名字；而被告白的女生，居然是周曉霖！

只見周曉霖一臉漠然，就算被告白了，也沒有這年紀女生該有的羞澀神色，她很淡定的拿起對方送到面前的信，接著用不帶一絲感情的表情撕了信，再把撕碎了的信塞回男生手中，然後說：「請你不要白費力氣了。」

說完，轉身就走。

那一刻，李孟奕突然覺得周曉霖酷斃了。

原來她不只對楊允程這樣，對其他的男生也一樣，都是那麼毫不留情。表白的男生大概是被周曉霖的舉動駭住，佇在原地，一動也不動的低頭看著手中被撕成碎片的信，一臉慘白。

李孟奕心裡暗想：說不定那男生的心，此刻也如那封不再完整的信一般，碎成一片片了吧！

不知道為什麼，看到周曉霖這麼不給其他男生面子的行為，李孟奕居然為此心情大好，接下來的一整天，他的臉上總掛著笑容，不管朋友們怎麼鬧，他都不以為意，始終笑嘻嘻。

那時年紀太小，還分不清楚情緒波動的原因，總把世界想得過分單純美好，快樂與悲傷也畫分得相當絕對，所以不能當下體會出自己的心境，其實已經摻入了不單純的情愫……

而這些，都是過了好幾年後，他才漸漸明白的。

太喜歡一個人，於是開始在乎她的開心與憂傷，於是心情宛如潮汐，她一揚眉、一嘆息，都能牽引著我的笑與淚。

國二的日子，就在不斷追逐著周曉霖的成績，卻始終無法超越她的情況下結束了。

升上國三的他們，與相處一年的同學道別，進入重新編排過的新班級裡，繼續國中生涯裡的最後一年。

運氣好的話，說不定能跟國一或國二相處不錯的同學編進同一班，繼續當好朋友；運氣不好的話，也有可能跟老死根本不可能往來的死對頭同班，繼續冤家路窄。

李孟奕平時人緣不錯，跟誰都處得好，所以被編到哪一班去，他倒是都無所謂。

不過他千想萬想也沒想到，居然會跟周曉霖被編到同一班。

更微妙的是，他跟她，竟然還被同學推派出來當正副班長。

「實在是有夠倒楣的。」

回家的路上，李孟奕向楊允程抱怨。

楊允程已經放棄苦讀向上的奮鬥精神。他說自己根本不是讀書的料，背背國文跟歷史還可以，但一碰到數學跟理化，他就真的沒轍了。

「怎麼會？」雖然已經放棄要用成績來引起周曉霖的注意，但楊允程還沒放棄繼續暗戀周曉霖，他看著李孟奕，臉上是羨慕的表情。「跟她同班超幸運的好不好？」

「全校大概就你一個人這麼認為。」

李孟奕撇撇嘴，一副「你不明白我的苦」的表情，接著繼續說：「她根本就是悶葫蘆一個。你也知道剛開學，校務工作比較多，一下子要搬新書、發新課本、作業本，還要當老師的跑腿，一下子學務處、一下子教務處，每次我忙不過來，叫她幫我跑一下別的處室時，她就一臉冷酷無情的表情，說什麼『不好意思，我很忙』。是有多忙啦？我還看到她已經在新發的課本上畫紅紅綠綠的螢光筆重點，拜託喔，才剛開學耶！老師都還沒上多少課，她就開始勤奮向上，是要逼死誰啦？超級神經病的。」

「人家就乖乖牌嘛，有遵照老師說的『事前預習、事後復習』最高指導原則，很不錯啊，就是要多幾個這樣的人，才會刺激同學競爭心。」

「我看你也是一個神經病。」

李孟奕發現自己完全找錯人訴苦，只好乖乖閉嘴，把那份牢騷往肚子裡吞，省得說出來又要被楊允程洗腦。

國三的日子，已經進入各種考試白熱化的階段。各科老師們一面教導新的課程，一面讓他們回家複習一、二年級的課本，然後一堆晨考、小考、臨時考、複習考、模擬考……紛紛出籠，遮蓋住這群十六歲孩子們頭頂上原來的青天白雲，也淹沒了他們臉上本來該有的朗朗笑容。

李孟奕的成績依然沒有辦法超越周曉霖。有好幾次，他偷偷在上課時觀察她，發現她跟大家其實也沒什麼兩樣，一樣會在下課時趴在桌上休憩、一樣會在昏昏欲睡的國文課不住的朝老師點頭。她也愛在聽課時，把手上的原子筆抵在中指上，再用食指跟拇指滑動筆身的轉著筆，可是她技術不太好，常常轉著轉著筆就飛出去，掉到附近同學的桌子旁，再讓旁邊的同學彎腰幫她把筆撿回來。

儘管轉筆技巧有待加強，不過周曉霖十分熱愛這個手指運動。

國三的日子，基本上除了國國數數英，和不斷接踵而來的考試外，好像也沒什麼快樂的回憶了。一些上課喜歡說題外話，然後嚴重延誤正課課程的老師們，總是喜歡去向體育老師、工藝老師們借課，而且是「一借不還、再借不難」，所以對國三的學生來說，體育課、工藝課、家政課……都只是寫在功課表上，用來騙教育局督學的假象。

所幸，校慶這種歡騰的活動，還是不可消弭的存在。

每年學校的校慶都安排在十二月下旬舉行，在此之前，各班的導師會為了大隊接力競賽的榮譽成績，盡量保留住幾節體育課讓他們練習接力，不讓其他科任老師調走原有的體育課程。

李孟奕的運動細胞還算可以，不過排不進第一棒跟最後一棒的強棒裡，只能安插在第三棒或第四棒。

倒是周曉霖，她的腳程快到連李孟奕都覺得不可思議，明明是那麼瘦弱的一個女生，跑起來時倒像頭羚羊，速度快得驚人，很有短跑的實力。

所以她理所當然的被排進女子大隊接力的第一棒。

升上國三的周曉霖雖然跟他依然維持陌生的關係，不過李孟奕發現，向來獨來獨往的她，好像有了比較聊得來的同性朋友。他常常看到周曉霖跟她同進同出，有好幾次，還注意到周曉霖跟對方講話時，臉上不經易展露的笑容。

那個女生，名字叫許維婷。

許維婷跟周曉霖完全是不同類型的女生，她的個性比較開朗，臉上的笑容也更陽光，白白淨淨的外表下，有個桀敖不馴的靈魂，這點倒是跟周曉霖挺像的。

許維婷也會和李孟奕他們一起打籃球，她的球技一般般，常常切球進入籃下跳投時，被李孟奕或隊裡其他的男生蓋火鍋，可偏偏她的三分線射得超神準，所以每次他們打全場時，都要派人守住許維婷，預防她的三分線神射跑出來擾亂士氣。

李孟奕覺得跟許維婷相處，比和周曉霖相處輕鬆多了。

許維婷的短跑速度也驚人，簡直跟周曉霖不相上下，所以被排在女子大隊接力的最後一棒。

班上很多男生都說，這一次的女子大隊接力，我們班贏定了！光周曉霖跟許維婷這兩個人，就足以抵抗其他千千萬萬人。

李孟奕覺得這講法是誇張了，不過，他倒也不否認他們班具有女子組接力賽的冠軍實力。

練習如火如荼的進行，幾次練跑下來，大家逐漸培養起默契，一開始的掉棒狀況，也不再發生了。

校慶前一個星期，一些初賽陸續進行，淘汰掉部分實力較弱的選手或隊伍，等到校慶那天，再進行最後的決賽。

男子大隊接力跟女子組的初賽都在校慶前一天舉行，每個年級各取前五名的班級進入決賽。男子組先進行，等三個年級都選出晉級班級後，再進行女子組的比賽。

比賽前，各班都到司令台旁集合，參加比賽的人，就領標有比賽背號的背心套在身上，沒參加比賽的人，拿著班旗跟自製的加油旗幟，在操場旁搖旗吶喊。

在領背心時，李孟奕就發現周曉霖的臉色怪怪的，眉頭微蹙，一張本來就蒼白的臉，更顯得沒有半點血色，時不時咬著下嘴唇，好像身體很不舒服的樣子。

本來他想過去關心一下，但想起之前幾次不怎麼愉快的相處經驗，決定不拿熱臉去碰對方的冷屁股。但撐不過幾分鐘，他還是忍不住了，順手拉住正呈現興奮狀態，不停的在人群裡走來走去，一下子跟這個人說說話，一下子又跟那個人哈哈大笑的許維婷。

「欸，周曉霖怎麼了？」他拎住許維婷的上衣後領問。平常他老對她做這樣的動作，許維婷總會掙扎著罵他「邪惡！哪有男生這樣對女孩子動手動腳的」，李孟奕卻總是更絕的回她「反正妳只是包裹著女生外皮的男生，有什麼關係」。

許維婷轉頭朝周曉霖的方向看過去，接著回過頭來，擺擺手，若無其事的回答，「沒怎麼啊，就是肚子有點不舒服而已，沒關係的啦。」

「可是我看她好像很不舒服，要不要去保健室啊？」

「應該不需要吧！」許維婷伸手打掉李孟奕揪在後領的手，警告他，「欸，你不要再對我動手動腳了啦，別人會誤會我們的。」

「真的？誰？」李孟奕瞇著眼笑，不以為意的隨口問著。

「很多很多人啊！」許維婷哀怨的瞪著他，「你不要把我搞得沒身價，人家還想交男朋友呢！」

她話才說完，李孟奕就一掌巴在她的後腦勺上，說：「好好念書吧妳！才幾歲就想交男朋友？也不怕妳爸打斷妳的腿！」

「要你管！要你管！哼！」

我們總喜歡幻想，幻想未來的他或她的樣子，幻想美麗的愛情，但事實卻總殘酷。

男子大隊接力初賽在一陣喧騰叫喊聲中落幕，李孟奕的班上以預賽第二名成績確定晉級。

男子組跑完，接下來是女子組的比賽，由一年級女生揭開序幕，三年級排在最後。

李孟奕站在跑道旁的加油區，眼睛卻不住瞄向臉色慘白的周曉霖。

她的狀況似乎沒有好轉，只見她一手摀住下腹，硬撐著微弓的身體，站在隊伍裡聽導師訓話。

李孟奕彷彿可以感受她身上的疼痛，有那麼一刻，他真的很想拔腿跑到她身旁去，拉她去保健室。

當這個念頭閃過他的腦海時，連他自己都訝異了。

怎麼……怎麼他會這麼留意周曉霖呢？到底是從什麼時候開始的呢？

他轉過頭去，強迫自己不去看對方，可是過不了多久，目光卻又不知不覺移回周曉霖身上。看著她越來越蒼白的臉，李孟奕的心底也越來越焦慮……這女人，該不會打算等等就直接昏倒在跑道上，直接製造比賽高潮吧？

這時，司令台宣布三年級女子組大隊接力比賽開始，槍鳴後，場邊響起一陣吶喊加油聲，李孟奕發現周曉霖一手摀著肚子衝刺，一手拿著接力棒，跑的速度比平常練習時還要慢些，不過仍然略贏其他班級的選手。

李孟奕盯著盯著，不由自主的邁開腳步跑起來，追著周曉霖的身影，在跑道旁跟著跑，眼睛緊黏著她的側臉。

就在周曉霖交捧後，他衝進跑道，扶住搖搖欲墜的她。裁判老師對他吹哨子，李孟奕舉起手向老師做出一個抱歉的動作，然後半抱住周曉霖，迅速退出跑道。

比賽還在進行中，雖然有不少人看到他們兩個人親暱的舉動，不過來不及起烘，目光又馬上被緊張的比賽拉回去。

周曉霖在李孟奕的懷裡掙扎了一下，語氣虛弱，卻仍是平常的冷淡口氣，她說：「你放手。」

「妳在堅持什麼？明明都那麼不舒服了！」李孟奕並沒有鬆手，他扶著周曉霖的臂膀，態度異常堅定，「我帶妳去保健室。」

「可是比賽還沒結束。」

「比賽重要還是妳的身體重要？」李孟奕的心裡泛起一絲連自己都想不明白的憤怒，他的臉色不很和悅的瞪著她，「不管，我先帶妳去保健室再說！」

周曉霖的氣勢弱了下去，沒什麼氣力的執拗著，「我又沒怎麼樣……」

「都不舒服一整個下午了，妳以為妳掩飾得很好？」

李孟奕說完這句話，周曉霖就不再接話了，他低下頭，看著她頭頂上的髮旋，突然覺得她逞強的樣子讓人有點心疼，幹麼跟自己的身體過不去啊？班級榮譽真的有那麼重要嗎？

保健室裡，在護士阿姨的詢問下，周曉霖才紅著臉，小小聲的嘟噥著，「是……生理痛。」

剎那間，李孟奕的臉熱辣辣地滾燙起來。他本來還有點擔憂的盯著周曉霖看，這下子卻尷尬得不知道該怎麼辦，只好假裝看窗外的景色，藉故走開些。

護士阿姨拿了半顆止痛藥給周曉霖，叮囑她吃過後先躺在保健室休息一下，等下腹不那麼痛了再回去。

周曉霖聽話的吃了藥躺下，她偷偷的看著李孟奕的背影，有些發愣。她不明白，為什麼李孟奕會突然關心起她來，她總以為這個人是討厭她的。

她知道李孟奕和楊允程是好朋友，以前看過好幾次他們兩個人走在校園裡打打鬧鬧，笑得很開心的模樣；她也知道楊允程喜歡過她，她還撕了他寫給她的情書……她想，這件事，李孟奕應該也知道，更何況她還聽過李孟奕罵自己是「妖女周曉霖」，也聽過他們那掛狐群狗黨批評過她的難聽話。

她已經習慣被排擠、被孤立、被討厭，所以當他突然關心起自己來，反而讓她有點不知所措。

「妳好點了嗎？」過了一會兒，就見李孟奕走到床前輕聲的問。

護士阿姨不知道什麼時候已經離開保健室，所以此時此刻此地，只剩他們兩個人尷尬對望。

周曉霖看著他，聲音也低低的，「就跟你說我沒事，你還硬拉我來。」

「誰叫妳一副快昏倒的樣子！」李孟奕有點抱怨的說：「早知道妳是生理期，我就不會拉妳來了……妳們女生真麻煩，流個血就算了，幹麼還要搞什麼肚子痛？」

「你以為我喜歡？」周曉霖難得淘氣的嘟起嘴，「要不下輩子讓你當女生，你就能感受感受我們面對生理期時的無力感了。」

「才不要！我幹麼要當女生？才不想要那麼麻煩呢！光衛生棉就夠累人的了，還分什麼日用、夜用、加長、有翅膀跟沒翅膀的……想到就頭痛！」

聽李孟奕這麼說，周曉霖忍不住笑起來。

看見她笑，李孟奕倒愣住了。這是他第一次看到她笑得這麼陽光啊！她的笑容真迷人，應該要多笑的。

那一刻，李孟奕覺得自己的心裡，好像被什麼東西搔動了一樣，有種連他自己都形容不出來的奇異感受悄然萌生，有點甜蜜，又有點期待。

這個周曉霖，原來也滿可愛的嘛！

他突然覺得，如果時間就此停住，不再繼續往前走，全世界就只剩下他跟周曉霖單獨相處，好像也……挺好的。

「沒那麼難。用久了，你就自然知道第幾天要用哪一種了。」周曉霖難得幽默的回答。

李孟奕忍不住也微笑起來，這是他們第一次不針鋒相對，平和的相處。他覺得很新奇，也覺得周曉霖好像不是那麼難相處的人啊。

周曉霖看著李孟奕臉上的笑容，不知道為什麼，居然有種幸福的感覺。

她真的是壓抑得太久了！

自從媽媽離開後，她就一直在壓抑自己的情緒，努力裝作若無其事、努力讀書來考取好成績、努力讓爸爸誤以為她其實不受影響、努力的在同學間用冷漠來掩飾自己的脆弱……甚至有一段時間，她患有嚴重的人群恐慌症，只要在人多的地方，就會想要躲起來，或讓自己乾脆隱形，但她還是努力的壓抑住驚慌，讓自己看起來無敵，百毒不侵。

「欸，我問妳喔，」李孟奕拉了把椅子過來，坐到她面前，像個老朋友一樣的對她微笑。他說：「妳幹麼每次都要考第一名？這麼拚是為什麼？」

「你問這幹麼？」

「沒有，就……只是問問。」李孟奕搔搔自己的後腦勺。每次他不知所措時就會忍不住搔自己的後腦勺，這個小動作連他自己都沒意識到，倒是周曉霖注意到了。

看著他，不知道為什麼，周曉霖突然有種「這是個可以信賴的人」的感覺。她也說不上來是什麼原因，大概是因為他的笑容很純真，也大概是因為他講話的態度很誠懇，又或者是因為他總給人一種沉穩的感覺。

總之，在那一刻，她不知不覺地卸下了心防，毫不隱瞞的告訴他實情——

「為了獎學金。」她說。

「啊？」

「為了拿獎學金啊。」周曉霖誠實的說：「我很需要錢，所以一定不能搞砸任何一場考試。每場考試，我都很認真的。」

「所以寶座換給別人坐，不行嗎？」

「不行。」

「難怪我拚了這麼久，還是拚不過妳。」

「啊？」

「妳不知道吧！」李孟奕笑了笑，也誠實的坦白，「一開始是楊允程，他拚死拚活的讀書說要超越妳，讓妳注意到他，但他的實力根本不行，所以我就接續下去，還請了家教，拚了命念書，不過還是贏不了……」

周曉霖根本不知道有這檔事，聽李孟奕這麼說，微微的驚訝。

「我真的不知道有這樣的事。」周曉霖看著李孟奕小聲的說。

「本來沒打算讓妳知道的，」李孟奕說：「不過反正也不是什麼祕密，妳知道了也沒關係啦。」

「所以……」

「所以妳就繼續努力吧！只是，妳有那麼缺錢嗎？獎學金不是也不多？」

周曉霖無力的點頭。獎學金是不多啊，但總能減少爸爸的一些負擔。更何況，她喜歡看爸爸看見她的成績時，臉上露出的欣慰又驕傲的笑容。

她沒有辦法讓家裡再回到過去那種幸福快樂的日子，唯一能做的，大概就是在功課上不讓爸爸擔心，讓他能驕傲的在同事朋友間抬頭挺胸，得意的笑著。

周曉霖沒有回答李孟奕，她低下頭，臉上卻掛著淺淺的笑容，在李孟奕眼中，那笑容裡彷彿噙著憂傷與苦澀，不是快樂的。

在那一瞬間，他似乎有點明白周曉霖眼裡的悲傷。她是個有故事的人，而他體貼的不再追問。

追問只是再度挑開別人結痂的傷口，讓別人用血淋淋的疼痛，去滿足你的探知欲，那是二度傷害，更嚴重的補刀。

李孟奕懂那樣的悲痛，所以他不追問，也就在同時間，他在心裡暗暗許下誓諾——如果可以，這個女孩子就讓我來保護吧！不管以後的日子會怎樣，我一定會盡己所能的盡量不讓周曉霖再受到任何傷害。

我一定可以做到。

安靜的陪伴，其實是更體貼的愛。

國三的日子，像一杯平凡的白開水，沒有什麼起起落落的高潮起伏，日子就在一堆大考小考中匆匆走過。

李孟奕跟周曉霖的交情，卻沒有因為那天保健室裡的對話，而有進一步的發展。

周曉霖的好朋友依然只有許維婷一個人，她也依舊跟班上其他同學維持淡而疏離的情誼；李孟奕仍舊跟楊允程那些人混在一起，也會和許維婷及班上同學一起打籃球。

而除了少之又少、幫老師傳過一、兩句話之外，周曉霖沒再跟李孟奕說過話了。

李孟奕曾為此沮喪過，他總以為經過保健室事件，他在她的世界裡，應該有那麼一點點不一樣的地位。畢竟他們那天聊了那麼多，而且她還曾經對他真摯的微笑過。

不過……一樣的！他在她的心裡，或許跟其他人都是一樣的。

他沒跟任何人說過心裡的感受，包括楊允程。

他不想承認這種不舒服的感覺，其實是一種在乎；他也不知道她是用什麼方式，偷偷侵入他的腦海裡，甚至令他常常想起她。

在那個喜歡鬧彆扭的年紀裡，李孟奕覺得「告白」是件很愚蠢的事，更何況還有楊允程和之前二年八班的情書男的前車之鑑。

無論如何，他都不允許自己在周曉霖面前做出丟臉的事，尤其是告白這種超級無敵大丟臉的事！

其實，十六歲的喜歡，既純粹又單純，沒有太過分的奢求，只要每天都能見上喜歡的人一面，只要能偶爾看見對方的笑容、聽見他的聲音，一顆心就能迅速充滿幸福。

更何況，他連自己到底是不是真的歡她，都還搞不清楚呢！

書上說，有時候的喜歡，只是單純的欣賞，並不是愛。

那麼，他喜歡每天上學時都能看見周曉霖的那種感覺，也喜歡看她跟許維婷聊天時，偶爾斂眉低頭微笑的嫻雅模樣，還喜歡看她笨拙的轉筆時，每當筆不聽話的飛出去，她偷偷吐舌頭的頑皮表情……

李孟奕喜歡一點一滴去慢慢發現關於周曉霖的不一樣，那是一個與他記憶完全不同的周曉霖。

他喜歡改變中的周曉霖，彷彿一座正在融化的冰山，不再那麼令人難以靠近。

國三下學期才剛開學沒多久，楊允程就交了女朋友。

當他把這個消息告訴他們那幫兄弟們時，所有人都驚呼叫嚷起來。要知道楊允程可是他們那掛人裡，第一個交女朋友的啊。

「哇噻！你變心的速度真夠快的，之前不是還說非讓周曉霖為你牽腸掛肚不可嗎？怎麼一轉眼，馬上就交了個女朋友啦？」有人吐嘈他。

「我怎麼可以為了一棵樹，放棄整片森林呢？」楊允程拿出他藏在書包裡的照片，遞給大家看，語氣裡透出某種程度的驕傲，「她的照片，你們看看漂不漂亮！」

一夥人全湊過去，大家爭先恐後的搶看照片。

「喂喂喂，小心點啊！不要把我的照片撕壞了啊！」看這群人全像餓狼一般的撲向照片，楊允程急得大叫。

「唷，不錯欸！嘿，楊允程，真看不出來你眼光還不壞。」吳銘宏捶捶楊允程的肩，滿口稱讚讓楊允程笑得嘴都要裂到耳邊去，「可惜那女的眼光太爛，唉！」

「去你母親的！」楊允程邊笑邊罵，又忍不住反駁，「她是慧眼識英雄，好不好？」

「她近視很深吧？」羅志揚問。

「沒有啊。」楊允程被問得一頭霧水，搶過照片仔細看了一下問：「看照片你就知道她有近視啊？這麼神！」

「不然她怎麼會分不清青蛙跟王子？」

「靠！你欠扁嗎？」

一群人就這樣鬧烘烘的說著、笑著，然後大家追問楊允程是在哪裡搭訕到女孩子的。

「補習班。」他說。

「哇靠，楊允程，你什麼時候開始去上補習班的，我們怎麼都不知道？」

「三年級了嘛，我爸逼我去的，他說好壞就一年，拚拚看。」

「結果功課沒起色，倒是拚到了個女朋友？」

楊允程「嘿嘿嘿」的笑了起來，「沒辦法，她長的完全合我的胃口啊！看起來乖乖的，講話的聲音又超級無敵好聽，像在跟人撒嬌一樣，我就找機會去問她講義上的問題，先混熟才好下手嘛。」

「你好邪惡！」吳銘宏鄙夷的瞪了他一眼，「她真可憐。」

「她是哪個學校的？」

楊允程乖乖交代女朋友的學校。

一群人講著講著，又興奮的吵鬧起來，直嚷著找個假日，大夥兒出去吃個什麼東西，順便認識認識他女朋友，還有她的女同學們！

「到底是誰邪惡啊？」楊允程受不了的瞟了他們一眼，「明明就你們比較不單純，說穿了也不是想認識我女朋友，根本就是想打她同學們的主意。」

「你知道就好。」羅志揚也不假惺惺，「記得叫她找幾個漂亮一點的啊，千萬不要帶恐龍妹來，我們怕被踩死！」

楊允程在被半強迫的情況下，無奈的答應損友們的要求。

李孟奕看著滿面春風的楊允程，有點羨慕。

他以前常笑楊允程的血液裡，有一種不驚不懼的「孤勇」，總是不顧一切的往前衝，也不怕撞得頭破血流，對於朋友，他是這樣，對於愛情，他也是這樣。

楊允程總說：「沒往前衝，你怎麼會知道結果會是怎樣？總是要試過了，才會知道自己的能耐在哪裡，對吧？」

以前，李孟奕只要聽他發表這樣的高見時，就會不屑的回答，「有勇無謀，講的就是像你這樣的人啦！」

可是，現在他卻很羨慕楊允程的「有勇無謀」，確實有些事，顧慮得太多，只會裹足不前。

「欸，周曉霖現在怎樣？還是跟以前那樣冷冰冰的嗎？」趁著其他人邊看照片邊起鬨，楊允程走到李孟奕身邊來，笑笑的低聲問。

上次女子接力預賽時，他正好站在一旁操場邊看周曉霖的表現，當然也看到李孟奕衝進跑道裡，拉走周曉霖的情景，事後，他還為此取笑了李孟奕好幾次。

李孟奕本來以為楊允程會介意，畢竟他曾經那麼喜歡過周曉霖，不過楊允程卻告訴他，自己早就改變心意，因為有一個更棒的女生出現了。

想來，當時他嘴裡那個「更棒的女生」，指的大概就是現在的這位女朋友吧。

「你覺得本性易移嗎？」李孟奕反問。

「當然很難。」楊允程搖頭，「不過據我所知，周曉霖以前不是這麼不好親近的。」

李孟奕好奇的睜大眼看他。

「我女朋友說，她國小時跟周曉霖同班。周曉霖讀小學的時候，是個活潑的女生，跟我們認識的這個她並不一樣。」

李孟奕的眼睛睜得更大了。

「聽說她會變成現在這樣，跟她媽媽的死有關係。」

「她媽媽死了？」

楊允程點頭，聲音更低了，「是她小六畢業升國一那年暑假發生的事。聽說是車禍，被大卡車轉彎時撞到，當場死亡。那時，她媽正要去娘家接她，本來平常是她爸負責接送，但周曉霖那天早上不知道為什麼，跟她媽媽說，希望她下班時去接她……大概是因為這樣，所以周曉霖很自責，覺得媽媽是被她害死的，個性也就變得怪怪的了。」

我們努力去擁有，努力不讓自己去失去，但其實在這世上，很多事是我們永遠無法掌握的。

生離死別，往往是人生中重要的關卡。有些人，或許可以跨越心裡的障礙，安然走過來，然而有些人，卻像掉進永無止盡的迴圈裡，旋轉著、掙扎著，找不到解脫的出口，日覆一日的備受折磨。

知道周曉霖有這麼一段過去之後，李孟奕突然能夠明白她的冷漠與淡然。還有什麼事能比至親的離開，更打擊人呢？難怪她總是在許多事情上，露出一副事不關己的冷酷模樣。其實不是不在意，而是不想去在意。

李孟奕想，如果這樣的事發生在自己身上，或許他的反應會比她更強烈吧！或有可能，他會像完全放棄未來般的走進人生的岔路裡，成天憤世嫉俗的逞兇鬥狠，變成人人口中的小流氓。

畢竟圍繞在李孟奕身旁的，都是些只想講義氣、不想讀書，動不動就嚷著「阿不然來『定孤支』（單挑）」的朋友，怎麼看都像是群讓人擔憂的不良分子。

後來，在刻意打聽之下，他知道了周曉霖的爸爸的工作。

原來周曉霖的父親，是一間小型電子公司的線上作業員，每個月只領三萬元上下的工資，扣除掉租房的費用，還有家裡必要開支後，也就所剩無幾了。難怪周曉霖會為了微薄的獎學金，這麼努力的念書！

李孟奕不知道要用什麼樣的姿態去面對周曉霖。她那麼驕傲，一定不想要別人同情的眼光，可是每次看見她單薄的背影時，他總有一股想衝上前關心的衝動。

不過，這種衝動是一定要克制住的，他怕自己過分的主動，會嚇壞她，只好就這麼不遠不近的默默關心著，像透明人一樣，安靜的、不動聲色的，偷偷的守護她。

發現周曉霖有地中海型貧血，是初春時節的事。那天，天空下著毛毛雨。

一下課，英文老師就把李孟奕跟周曉霖叫去。

「你們兩個人幫老師把這些試卷跟作業本拿去三班跟五班，請他們班長先發給同學，我下午上課會跟他們檢討。」

老師說完，指指講桌旁那疊試卷跟英文作業本。

李孟奕先把看起來分量較輕的試卷遞到周曉霖手上，再把較重的作業本抱在懷裡。

「欸，你拿這樣太多了啦，分一些給我。」走出教室，周曉霖盯著李孟奕懷裡的作業本，小聲的說。

這是周曉霖第一次主動跟他講話。因為是頭一回，所以李孟奕有點愣住，一顆心怦咚怦咚的滿懷喜悅，奮力的跳動著。

「沒關係，不是很重。」李孟奕舒眉展顏的笑容，有一股說不出來的魅力。

「真的嗎？」周曉霖又看了他一眼，追問著，「你確定？」

「我平常也是有在練的，好嗎？」李孟奕搞笑的用單手抱著那些作業本，另一隻手像健美先生一樣的舉起，努力的想擠出臂膀的肌肉，可惜並沒有預期的效果，被長袖衣服蓋住的臂膀一片平坦。

周曉霖瞄了他的手臂，笑了一下，難得幽默的說：「你可能還要再回去練一下。」

「嗯嗯。」李孟奕也看著自己的臂膀，眼睛彎彎的，「等它『長大』，就不是這樣了。」

周曉霖臉上掛著淺淺笑容，雖然淡淡的，但李孟奕卻覺得這樣的她，好漂亮。

他們先把試卷跟作業本送到位於二樓的三班，再走三班教室旁的樓梯上三樓。

但走到樓梯中段的轉角，本來走在李孟奕右側的周曉霖，卻不知道為什麼停住腳步。

李孟奕原本沒察覺，又往前走了兩步，才發現周曉霖沒跟上來，轉頭看見周曉霖雙手用力的把英文試卷抱在胸前，人慢慢蹲了下去。

他被這突如其來的狀況嚇得愣了一下，隨即一個跨步，蹲在周曉霖身旁。

「欸，周曉霖，妳怎麼了？」李孟奕一緊張，什麼也不想的伸出手就拉住她的手臂，想幫她站起來。

「……李孟奕，你先不要碰我，」周曉霖的聲音變得很虛弱，她閉著眼，眉頭緊緊皺在一起，「我頭很暈。」

李孟奕放開手，不知所措的繼續蹲在她身邊，心裡很著急，卻又不知道該怎麼辦。

「妳又那個、那個來嗎？」實在是很尷尬的問題，可是他曾聽說，女生在生理期時，總特別容易頭暈。

周曉霖沒有馬上回答，只閉著眼露出痛苦表情，微微的喘著氣。良久，她才睜開眼，用微乎其微的音量說著，「這些考卷，可能要麻煩你拿去五班了。」

「那妳怎麼辦？」他擔心的問，沒辦法把她丟在一旁。

周曉霖努力的扯開嘴角想微笑，但大概是因為太不舒服了，笑容撐不到兩秒鐘就消失。「我在這裡等你好了。」

李孟奕扶著周曉霖坐到一旁的階梯上，因為是下課時間，所以來來去去總有學生上樓下樓，他也不管別人異樣眼光，就這麼攙扶著，接著拿過試卷，說了句「等我」，就三步併作兩步的跑上樓去。

周曉霖坐在台階上，頭暈得厲害，耳裡卻迴盪著李孟奕略為低沉的聲音發出的「等我」這兩個字。那年紀的男孩子正經歷變聲期，聲音總難聽得像鴨子叫，不過周曉霖卻覺得李孟奕的聲音特別好聽。

「等我」那兩個字，他說起來也特別甜蜜，像一種承諾。

直到周曉霖長大，午夜夢回裡，還是常常夢見國三那年的初春場景，李孟奕和她在樓梯間，他在她耳邊輕聲的說，「等我。」

有幾次夢醒時，眼眶忍不住發燙，眼淚像等待已久終於逮到機會般的一直掉，止都止不住……

李孟奕匆匆的跑走，完成老師交代的工作後，又急急衝回來。他蹲在周曉霖身旁，還是不放心的問：「妳好點了嗎？」

「沒有，還很暈。」周曉霖老實回答，臉色蒼白得可怕，李孟奕很擔心她會不會突然暈過去。

「要去保健室嗎？」

這回周曉霖沒回答了。李孟奕想，她沒反對，那應該就是贊成，於是他自作主張的再次攙扶起她，問道：「還可以走嗎？」

「……可以。」

他們兩個人一步步拾級而下，在走完最後一個階梯時，碰巧遇到正要回教室的許維婷，李孟奕叫住她。

「你們要去哪？」許維婷走過來，看看李孟奕攙扶著周曉霖的樣子，又抬眼看看他們兩個人問。

「周曉霖不舒服，我正要扶她去保健室，妳也過來幫忙一下吧。」李孟奕說。

許維婷馬上走到周曉霖右邊扶住她，「妳貧血又發作了？」

聽見許維婷這麼問，李孟奕瞬間睜大眼，看著她。

貧血又發作？周曉霖有貧血？許維婷原來知道周曉霖有貧血症狀啊！

「嗯。」周曉霖哼了一聲。

「要不要緊啊？我看妳臉色很不好。」

「這次比較暈，所以可能要先去保健室躺一下……」

許維婷沒再說話，安靜的和李孟奕扶著周曉霖到保健室。

後來，周曉霖在保健室躺了整整一堂課，才又回到教室裡上課。

而在李孟奕事後不斷的逼供下，許維婷才透露周曉霖的貧血不是一般的貧血。

「是地中海型貧血。」她說。

「貧血還有分地中海跟太平洋嗎？」李孟奕孤陋寡聞的問。那是他生平第一次聽到有「地中海型貧血」這樣的病症。

許維婷受不了的直翻白眼，最後還警告他，不准把這件事洩露出去，更不可以讓周曉霖知道，不然她就死定了，他也會跟著死定了。

◉「等我」這兩個字，是一句承諾，是你跟我的甜蜜誓約。

失去，往往比得到容易。

總有人說，人生必然無法圓滿，而正因為它的不完美，你才會更珍惜身邊的事物——雖然大部分時候，人總要等到失去了，才明白它的可貴。

愛情，也是人生無法完美圓滿的課題。

我們總因為驕傲、因為不肯向對方認輸，而輸掉那份彼此想要守護的愛情，輸掉那個想一起牽手走到永遠的人……

喜歡，是最深的甜蜜

國中畢業後，李孟奕跟周曉霖考上同一間高中，還很湊巧的被編到同一班。許維婷雖然也跟他們同校，不過是在隔壁班。

「許維婷小姐，誰准許妳私自跑進我們教室，還坐在我位置上的？」李孟奕從教室外走進來，站在許維婷前面，彎起食指敲敲她的額頭，然後不客氣的說：「滾開！」

而坐在李孟奕座位前，本來還跟許維婷有說有笑的周曉霖，這下燦笑著一張臉，安靜的看著他們兩個人。

上高中後，因為同班，在舉目無親的情況下，周曉霖只好跟李孟奕「相依為命」，時間一久，逐漸熟稔起來，變成談得來的好朋友。

大概是因為熟了，所以在面對李孟奕時，她臉上的線條變得柔和許多，笑容也增多了。

「欸欸欸，對女生要憐香惜玉啊，你會不會？」許維婷摀著額頭瞪他，沒好氣的抗議，「粗魯男！」

「真可惜了，在我那淺薄的認知裡，妳既不是香也不是玉，所以不用憐也不用惜。」李孟奕聳聳肩，直白的回她，「我的粗魯對妳來說，只是剛好而已啦。」

說完，他又催促許維婷的屁股趕快離開椅子，不要把他的椅子坐熱了，他不喜歡坐有別人體溫的椅子。

「人家好歹也是女生耶，你就不能溫柔一點？老是這樣彈人家額頭、拉人家衣領、打人家後腦勺……動手動腳的，很討厭耶！我還想交男朋友，好歹留點名聲給別人探聽嘛。」

「探聽什麼？妳打籃球時那副殺氣騰騰、擋我者死的模樣，哪個男生看到不會被嚇退的？」李孟奕見她死賴在椅子上不起來，乾脆自己動手把她從椅子上拎起來，拉到一旁去。但才一屁股坐下就又跳起來，「哇靠，許維婷，妳屁股是裝了加溫器喔？把我的椅子坐熱成這樣！」

「小孩屁股三把火，你沒聽過？」許維婷不以為意的笑嘻嘻，然後抖抖手上的國文課本，對周曉霖說：「下節課再還妳，謝啦。」接著轉頭又瞪了李孟奕一眼，目光有殺氣，語氣有殺意，「好啦好啦，我滾我滾。哼！山水有相逢，冤家總路窄，你給我記住！」

李孟奕被許維婷的話逗笑，但要忍住不能在她面前破功，只好趕快擺擺手，說：「快滾快滾，請。」

「哼！」一甩頭，許維婷大踏步走出教室。

「她又沒帶課本？」一轉頭，李孟奕朝周曉霖問。

許維婷生性迷糊，成天像個男生似的在籃球場上奔馳，常常三天兩頭忘了帶課本來學校，老是跑來找周曉霖求援，周曉霖也不拒絕她，只要許維婷來求救，就一定幫她。倒是李孟奕看不下去，老扮黑臉的數落她，不過她還是成天嘻嘻哈哈沒個正經樣。李孟奕唸她，她也不以為忤，直說她遺忘的功夫比記住的功夫強，所以他說的話，她就當是一個屁！

李孟奕總是拿許維婷沒轍。

周曉霖點頭回答，「說是昨天在家背課文，背完就累暈在床上，把課本丟在床頭，早上又太匆忙，忘了把課本收進書包裡了。」

「迷糊蟲一隻。」李孟奕搖頭，「妳相不相信，以後她有小孩，一定也會不小心把小孩丟在某個地方忘了帶走。」

「哪有那麼誇張啊！」周曉霖失笑，低頭寫了下東西，又抬頭起來看著李孟奕，說：「對了，今天放學你不用等我了，我要留下來做壁報。」

上高中後，李孟奕跟周曉霖開始搭校車上下學，因為在同一個乘車點上車，所以兩個人總習慣性的一起行動。

「那妳怎麼回去？」

「坐公車吧。」

「不然我留下來陪妳做壁報。」

「不用啦，我也不知道要做多晚。」

「反正我也沒事，兩個人一起做，總比妳一個人忙有效率多了吧？」

「可是……」

「沒關係啦，我打電話跟我媽說一聲就好了，那就這樣囉。」

周曉霖還想說什麼，但科任老師已經走進教室裡來了，她只好轉身乖乖坐好。

可是不知道為什麼，臉上有一抹怎麼樣也壓抑不下去的笑意，悄悄的爬上唇邊……心裡也是，好快樂的感覺。

那種被珍惜、被在乎的滋味，有種小小的幸福。

放學後，許維婷背著書包，也跑進李孟奕他們班來。

「許維婷小姐，都已經放學了，請問妳現在是打算來借什麼？還不趕快去搭校車！」

李孟奕正用剪刀剪壁報要用的貼花，瞥見許維婷閃進來的身影，馬上毒舌問她。

「我來借周曉霖啦。」許維婷沒好氣的回答，挨到周曉霖身旁去，跟她熱切討論起壁報的設計。

「怪了妳，妳不是隔壁班的，幹麼對我們班的壁報設計這麼熱心？喔，一定不安好心噢！說！是不是間諜來著？」李孟奕放下手上的剪刀跟剪了一半的貼花，湊過去聽她們討論的內容，嘴巴很賤的問道。

「間你的頭啦！」許維婷送他一記白眼，「我沒那麼沒品，好嗎？再怎麼說，周曉霖也算我的好姊妹，她要設計壁報，我當然要來幫忙啦，這跟我在哪一班根本就沒有關係，OK？」

「妳有這麼熱血？」

「總之沒你冷血。」

「我哪裡冷血了？妳說說看啊。」

「光聽你罵我的那些話，就足以證明你是個沒同學愛的冷血動物啦。」

兩個人你一言、我一句的幼稚鬥嘴。

周曉霖沒插話或阻止，只是淺淺的微笑著。

在她的心裡，沒有什麼比此刻更幸福的了。

李孟奕沒什麼美術天分，幾張貼花被他剪得七零八落，許維婷一邊幫忙拯救那些可憐的貼花，一邊不饒人的叨唸他，藉機報仇。

「山水有相逢，對吧？」李孟奕哪裡是肯乖乖被唸的人，他瞇著眼，不懷好意的看著許維婷，臉上還掛著壞壞的笑意，「妳現在是好不容易逮到機會可以罵我，所以不想輕易放過，是嗎？」

「很明顯嗎？」許維婷還在修剪那些貼花，嘴裡依然忍不住抱怨，「沒見過像你這樣剪東西剪得這麼爛的！小時候到底是怎麼上美勞課的？真想不到功課好、籃球也打得嚇嚇叫的人，美術天分居然這麼糟，真的是……不會就不要勉強嘛，你不知道善後更折磨人嗎？」

「妳真的很愛碎碎唸耶，是得了未老先衰的病嗎？」

「碎碎唸本來就是女生與生俱來的能力，你要提早適應，不然以後交女朋友要怎麼辦？」

「又不是全部的女生都很愛碎碎唸。」李孟奕不以為然。

「就跟你說碎碎唸是女生與生俱來的能力嘛，沒有女生不會碎碎唸的，而且功力還會隨著年紀增長，迅速強大，最後變成媽媽級的嘮叨，所以如果你未來的女朋友不會對你碎碎唸，那你就要小心了。」

「小心什麼？」

「小心她是不是對你絕望到根本就懶得唸你了，當你沒救。」

李孟奕對她的理論嗤之以鼻，「歪理，而且論點很幼稚。」

「哼！愛信不信隨便你。」許維婷得不到他的認同，轉而想拉攏周曉霖，取得她的同意票，「周曉霖妳說，女生都很愛碎碎唸對吧？像我媽就超級嘮叨的，妳媽媽會不會也一樣？」

許維婷話一講完，李孟奕的心頭馬上有種被針刺了的驚慌感。這許維婷真是的，哪壺不開提哪壺啊？

「許維婷，妳安靜啦！」李孟奕對她擠眉弄眼，示意她少說一句，但許維婷完全在狀況外，不明白他的用心良苦，還傻大姊般的瞟了他一眼，挑釁的問：「我幹麼要安靜？」

「唉呀，反正妳不講話，也沒人會把妳當啞巴啦。」李孟奕急了。

「因為你不相信女生都很愛碎碎唸嘛，難道你媽就不會囉哩叭嗦？周曉霖，妳媽有時候會不會——」

許維婷話才講到一半，李孟奕馬上跳過去，摀住她的嘴，急切的打斷她的話，「好啦好啦，我相信、我相信，真的！妳講了那麼多話，應該也口渴了吧？走走走，我請妳喝飲料去。」

他邊說，邊拖著掙扎要逃脫，卻被他緊緊箍在臂彎裡的許維婷往外走。再不走，他真的怕許維婷還會不會再扯出更多無心的話，而那些話不知道要惹得周曉霖多傷心難過。

這個無腦的許維婷，跟人家當好姊妹這麼久了，難道一點都不知道周曉霖曾經經歷過的那些傷痛嗎？

不過他很快就想，許維婷到底也是個有分寸的女孩子，應該不至於會在周曉霖的傷口上灑鹽，那麼，周曉霖應該是沒跟她講過那些曾經令自己傷心欲絕的往事吧！

這也是有可能的事啊！畢竟周曉霖是那麼驕傲的女生，因為不需要同情，所以不喜歡在人前示弱，而對於那些曾經發生在她身上的悲劇，她選擇緘口也是很正常的，或許只有這麼做，才能避開從別人眼裡不經意流露出的憐憫眼光，或疼惜的安慰詞句。

李孟奕真希望她偶爾可以軟弱一點，不要老是這麼逞強、這麼勇敢、這麼無所謂……他希望她也能像同年紀的女孩一樣，會幻想、會作一些幼稚的白日夢，有幾個崇拜到會為他尖叫的偶像，而不是像現在這樣，表現出令人心疼的超齡成熟。

他總是心疼她，而她，卻從來都不知道。

◉ 那些心疼的話，像一封寄不出去的情書一般，只能壓在心頭，卻說不出口。

站在自動販賣機前，許維婷手裡捧著不斷凝結冰冷水珠的可樂瓶，瞠目結舌的看著李孟奕，彷彿他是不小心從外太空掉到她面前的外星人一般。

「……總之，妳不要在她面前再提到她媽媽的事了。」李孟奕叮嚀著，又投了枚五十元硬幣進販賣機，按了礦泉水的選項按鈕，彎腰撿起飲料，再從零錢孔掏出找零的硬幣，塞進褲子口袋裡。

周曉霖不喝飲料，只喝水，所以每次李孟奕想請她喝飲料時，總遞給她礦泉水。她最喜歡的礦泉水品牌，剛好學校的自動販賣機有販售，這讓李孟奕省了不少麻煩。

「她怎麼從來沒跟我說過？」許維婷自責的咬著唇，眉頭微蹙，看起來十分懊悔。剛才在自動販賣機前，許維婷本來還張牙舞爪的罵著李孟奕，說他強拖她出來的行為簡直跟流氓沒什麼兩樣，她根本就不渴，也不想喝什麼飲料。

李孟奕起先什麼也沒說，拿出硬幣投進自動販賣機裡，拿出他選買的可樂，塞進許維婷手裡，語氣淡得像在說一件再尋常不過的事一般。「周曉霖她媽媽在她升國一那年暑假車禍死了，所以妳以後不管怎麼樣，都不要主動問她媽媽的事，最好連她家的事都不要過問。她沒哭不代表不難過。有些事，我們私下知道就好，她沒提，妳就當做不知道，懂嗎？」

幾句話，就塞得伶牙利齒的許維婷像啞巴一樣，吐不出半個字。

「等等回去也要裝出若無其事的樣子，知道嗎？」李孟奕轉頭看看許維婷，接著拿手上的冰礦泉水瓶，按在她的臉頰上，笑著說：「千萬不許露出這副癡呆樣，會被周曉霖看出破綻的。」

許維婷被低溫的礦泉水冰得尖叫了兩聲，慌忙跳離李孟奕身邊，跟他保持兩個大跨步的距離，叫嚷著，「很冰欸，你這變態！」

「很好，就是要保持這樣的活力，了解嗎？」李孟奕笑著說。

「好啦。」

「記住，若無其事的表情。」

「好啦。」

「那妳臉上那顆小苦瓜是怎樣？」

「人家笑不出來嘛。」

「就當不知道這件事就好了呀。」

「很難嘛。」許維婷忍不住又皺起臉，「怎麼可能裝做若無其事啊？我光想到她這幾年是怎麼走過來的，心就酸酸的……」

許維婷終究還是性情中人。

「還是妳要先回家？」李孟奕無計可施的提議，「回家好好整理自己的心情，明天依然用笑嘻嘻的樣子面對周曉霖，妳說怎樣？」

「我還不想回家。」許維婷嘟起嘴，有些為難的表情，「我想回教室去陪她。」

女孩子的情誼果然很微妙，可以感情好到死不足惜，也可以壞到心機重重的四處散布對方不實的謠言。

「那妳就不要露出破綻。」

「好啦，我盡量。」

他們回教室時，很意外的發現在周曉霖身旁，有個男生正低頭跟她說話。

李孟奕定睛仔細一看，便走到對方身邊，親暱的把手搭在他肩上，笑著問：「徐瑞昇，你怎麼還沒回家？」

「我剛跟阿霍去打籃球，打完才突然想到把數學作業本忘在抽屜裡了，只好回來拿，走進教室就看到周曉霖在弄壁報，想說我也來幫忙。她剛跟我說你去買飲料，沒想到這麼快就回來了。」

李孟奕拿起旁邊一片他剪的，而許維婷還來不及修剪的貼花，問徐瑞昇，「周曉霖沒跟你打我的小報告吧？」

徐瑞昇接過那片貼花，左觀右看，笑開臉來問：「這你剪的？」

「是啊！是不是很藝術？」

「非常畢卡索啊。」

「果然，」李孟奕拍拍他的肩膀，得意的哈哈大笑，「男生還是懂得男生的。」

兩個男生開心的笑起來。

周曉霖和許維婷完全看不懂他們到底在樂什麼。在她們眼裡，男生的友情也很微妙！他們開心的時候會說髒話，生氣的時候也會飆髒話，有時候連要開口說一件事，也要先用一句髒話當開頭，好像不說幾句髒話，後面的話就會講不出來似的。

周曉霖還記得第一次聽見李孟奕罵髒話時，她笑了許久。

她已經忘了他是為了什麼事情而罵，只記得他那時脫口而出的，就是那句「他母親的」。

「什麼？」初聽見時，她還以為李孟奕在說誰的媽媽。

「啊？」李孟奕回過頭瞧見周曉霖，猛然察覺自己的粗魯，於是立即進入瞬間失憶的裝傻狀態。

「你剛說的那句是在講誰。」

「哪句？」李孟奕打算來個世紀大失憶，不能在周曉霖面前破壞形象啊。

「什麼……他母親的，你在說誰的媽媽啊？」周曉霖的耳力向來很好，之前李孟奕偷講她壞話時，也被她抓個正著，根本沒辦法抵賴。

「喔，那個……」李孟奕尷尬的搔搔頭，猶豫著到底要不要說實話。後來他心一橫，秉持著「交朋友就要用真心，不可以有任何隱瞞」的想法，決定向周曉霖坦承那句「他母親的」來龍去脈。

他把楊允程是如何將「他媽的」改成比較文言的「他母親的」由來說給周曉霖聽時，她笑了好久，直說不知道楊允程竟然這麼寶。

「他那個人本來就不正經。」李孟奕如實稟報。

「有這樣的朋友，好像也挺有趣的。」

「可惜妳當初當著他的面，撕掉他花了一整個晚上，絞盡腦汁才終於寫好的告白信，嚴重打擊到他幼小的心靈。雖然讓他差點改邪歸正，在課業上努力奮鬥。不過經過數次革命後，他終於認清事實，發現自己不是塊讀書的料，所以馬上又墮落的繼續過他放蕩人生……其實他人真的不壞，就是不正經了點。」

李孟奕的口氣聽起來，不像是真的在批判楊允程，反而有種十分珍惜朋友的感覺。

「你跟楊允程的感情很好吧？」

李孟奕認真的想了一會兒，然後回答，「如果他遇到困難，打電話跟我求救，不論我人在哪裡、有什麼重要的事，只要他一句『我需要你』，我就會馬上拋開一切，飛奔到他身邊的那種交情。」

周曉霖羨慕他們這樣的交情，這大概就是男生們口中說的「義氣」吧！她想。

她沒有這麼重義氣的朋友，跟她比較要好的，除了許維婷，大概也就只有李孟奕了。

只可惜李孟奕是男生，如果他是女生就好了……周曉霖在心底暗暗嘆息。她發現跟許維婷比起來，李孟奕好像更能知道她心裡真正的想法。有些話，她不一定要說出來，而他卻都懂。

李孟奕有時貼心得連周曉霖都不禁要懷疑，在他的心裡面，是不是也住著一個女孩子，不然他怎麼能那麼懂得女生在想什麼？

可是許維婷卻不這麼認為。她覺得李孟奕笨死了，什麼話都要跟他講明的，不然他就聽不懂，有時她都已經暗示得很明顯了，李孟奕卻還會唸她，「峰迴路轉是在提示個什麼鬼啦？講重點。」

「說不定，他的貼心只針對妳喔。」那次，許維婷笑得很曖昧。

周曉霖雖然不想正面回應許維婷無聊的臆測，不過在那一刻，她的心頭確實出現異常的跳動頻率。後來她才知道，那種心臟異常的跳動，叫做——心動。

當心跳的速率總是因為某個人而混亂時，是否意味著我已經為他心動了？

幾個人在教室裡忙著編壁報的工作，周曉霖的美編功力較強，所以負責整體壁報設計；許維婷的手巧，一些剪花跟手工小物的製作，需要靠她；徐瑞昇的繪畫很強，尤其能畫一些超可愛的Q版人物跟動物，總能引起許維婷的尖叫跟驚嘆。

相較之下，李孟奕就顯得一無是處了。

「我可以幫什麼忙？」

李孟奕看大家忙得不亦樂乎，自己卻閒得無聊，在教室裡晃來晃去，一下子看看周曉霖在忙什麼，一下子又坐到許維婷身邊去看她貼貼剪剪，沒多久就又飄到徐瑞昇旁邊去看他在畫什麼。

「你們好歹也派個工作給我嘛，我好無聊。」發現沒人搭理他，李孟奕忍不住又開口。

「無聊你不會蹲到角落去畫圈圈？」許維婷指著教室後垃圾桶旁的角落，還怕李孟奕不知道她指什麼地方，特別強調，「喏，就那裡，風水極好的垃圾桶旁。是財位呢！說不定你畫完圈圈後，這一期的統一發票就會中獎了。」

「神經病。」李孟奕瞪她。

周曉霖抬頭看了他一眼，說：「那不然你幫我把這些貼花貼到最上層的邊邊去，不用太規則沒關係，看起來會自然一點。」

李孟奕突然有事可做，忍不住開心起來，他捧著貼花，哼著歌，愉快的在貼花的背後抹上白膠，再亂數排列黏貼。

幾個人忙了一陣子，窗外天色已暗，周曉霖看時間已經快七點了，提議休息。壁報的大致模樣已經出來了，只剩小部分的手工立體素材比較要耗時間去製作，也不是一時三刻就能完成。周曉霖決定晚上回家時再做，隔天只要把成品黏在壁報上預定的位置，就算完成了。

「要不要一起吃個晚餐再回家？」許維婷一邊收拾一邊問，強調著說：「我快餓扁了，已經沒有力氣坐車、再走路回家了。」

「我沒意見，只要打通電話跟我媽說一聲就好了。」李孟奕說。

「我也沒差。反正我爸媽都還在加班，晚上本來就是自己買便當吃的。」徐瑞昇跟著回答。

「周曉霖，妳呢？」許維婷睜大眼睛，用充滿期待的目光盯著周曉霖。

這陣子周曉霖爸爸的公司忙著出貨，已經加了好幾個星期的班，總要弄到十一點多才能回家，所以她都是自己煮晚餐，再留一份晚餐放在冰箱裡，給晚歸的爸爸當宵夜吃。本來今天她也想回家隨便煮些東西吃，順便準備爸爸的宵夜，不過，看見許維婷那臉期待的神情，突然捨不得拒絕她。

「那一起吃過晚餐再回家吧。」周曉霖說：「今天晚上我請客，謝謝你們這麼幫忙。」

「不行。」李孟奕想都沒想就直接出聲拒絕。他知道周家的財務狀況，不想造成她的經濟負擔，更何況大家都是學生，哪有什麼錢可以請客。「大家各付各的吧，又沒幫到妳什麼忙，妳幹麼請客？」

許維婷一聽，連忙附和，「對啊對啊，大家各付各的嘛。」

「可是……」周曉霖露出為難的表情，她覺得大家真的幫了很多忙啊。

「改天妳再請我們喝飲料就好了啦。」徐瑞昇幫腔，「今天就各付各的吧。」

周曉霖只好乖順的點頭，接受大家的好意。

他們在學校周圍找了間簡餐店，每個人都叫了份餐，坐著邊聊天邊吃著飯。

周曉霖第一次跟同學在外面吃飯，感覺很新鮮，李孟奕跟徐瑞昇講了很多班上的趣事，逗得兩個女孩子哈哈大笑。

而許維婷本來就是活潑的女生，雖然跟徐瑞昇是第一次接觸，不過兩、三個小時下來，也能自然的嘻嘻哈哈互相開玩笑了。

吃過飯，大家一起走到公車站等公車。周曉霖跟李孟奕、許維婷的家都在同一方向，可以坐同一部公車回家，只有徐瑞昇要坐不同路線的公車。

「怎麼這麼悲慘？我好孤單啊。」徐瑞昇搞笑的抱住李孟奕，像頭無尾熊一樣，悲情的撒嬌，「李孟奕，你陪人家坐公車啦！」

李孟奕一邊撥開他不斷攀上來的手，一邊忍不住笑罵他，「滾啦你！」

「可是人家自己一個人坐車回家，會怕怕的耶……」徐瑞昇實在很愛演。

「怕屁啦，不然我幫你打電話去警察局，請他們派人民褓姆護送你回家怎樣？」

「那要找帥一點的喔！」

「你還挑喔？」

「那是一定要的啊……」

正當兩個男生嘻笑的唱雙簧，而女生們則在一旁笑得肚子痛的時候，一輛公車從遠處緩緩開過來。

「欸，徐瑞昇，那是你的車嗎？」李孟奕眼尖發現，用手肘撞撞他的手。

徐瑞昇轉頭看了一下回答，「對耶。」

「好啦，咱們就此分別，不送了。」李孟奕又演起來。

徐瑞昇這回倒不配合演戲了，先伸手招公車，接著從書包裡掏出零錢。公車停靠後，他揮手跟大家道別，然後一個人孤單的上了車。

周曉霖站在路旁看著徐瑞昇略顯孤寂的身影走上公車，突然覺得心裡有點酸酸的，明明剛才是那麼歡樂的氣氛，但一面臨分別，就變得有點感傷。

她不喜歡離別時的氣氛。

從前，她總覺得自己像林黛玉一樣，不喜聚散；但現在，她覺得自己更像賈寶玉，喜聚不喜散。

她分不清自己是什麼時候開始改變的，好像自從有了朋友之後，就想不起以前那段沒有朋友的日子，到底是怎麼熬過來的了。

以前，她老是獨自一個人，沒有至親好友、也沒有人會關心她，那時她覺得一個人其實也滿好的，自由自在多快樂，不用答應陪誰去哪裡，也不用擔心萬一拒絕別人的邀約，會引得對方不開心。

可是國三那年，她認識了許維婷。這個異常活潑、曾經被她取笑應該是個過動兒的女生，把她安靜了許久的生活弄得既吵鬧又喧嘩。可是在許維婷的潛移默化下，她逐漸會笑了，偶爾還會互相開些無傷大雅的玩笑。

然後是李孟奕。

本來對她沒有好感的李孟奕，不知道從什麼時候開始，居然會主動找她說話。他們說最多話的那兩次，剛好都是她身體極不舒服的時候，而最後的結果，都是李孟奕把她送進保健室去。

電影裡，男女主角的相會地點都很浪漫，所以總會取名叫「某某某情緣」，比如《曼哈頓情緣》、《航站情緣》……什麼的，而她跟李孟奕，大概可以稱為「保健室情緣」。

其實說「情緣」是誇張了點，她跟李孟奕的交情，根本扯不上任何男女情愫，也沒什麼浪漫的情節，不過就是同學間的談話而已。

上高中後，她碰巧又跟李孟奕同班，本來就有一點點交情的兩個人，在一起搭校車上學、放學的情況下，感情迅速加溫。

周曉霖這才發現，原來自己跟李孟奕居然可以這麼談得來！她本來以為像李孟奕這種家境還算優渥的公子哥兒，多少都有點難搞的任性脾氣在，但後來她發現，李孟奕身上似乎沒有那種高高在上的架子，

他甚至隨和得很好相處。

他很照顧她，對她講話總是輕聲細語，還很體貼，時時刻刻都會留意她的一舉一動；有一次她「大姨媽」來訪，肚子不太舒服，手有意無意的放在小腹上輕輕壓著，後來下課鐘一響，坐在她後面的李孟奕一馬當先的在老師說完「下課」後，就衝出教室。

周曉霖以為他跑去籃球場打球，並不以為意，沒想到幾分鐘後，他氣喘吁吁的跑回教室，遞給她一塊巧克力條，喘著氣說：「這個給妳吃，看會不會好一點！」

那一次，周曉霖感動得快哭了，那是她第一次體會到被捧在手心珍惜著的超級幸福感。

從那次以後，每次只要她大姨媽來訪，李孟奕總會塞幾塊巧克力給她。他好像已經記下了她每個月特別不舒服的那幾天。

因為在意，所以願意牢牢記住，像刻印一樣，熨在心上，永世銘記。

許維婷在前一站下車，李孟奕雖然跟周曉霖同一站，不過他家跟周家卻在不同方向。但他總會先陪她回家，再走回頭路，回自己家。

「你不用送我了，反正時間還不算太晚，路上店家也都開著，我自己走路回家就好，不會有什麼危險的，你也趕快回去吧。」一下公車，周曉霖就對李孟奕說，但李孟奕很堅持陪她先回家。

抗議無效後，周曉霖也就由著他了。

兩個人一面走，一面聊著天，談的不過是學校裡的事。

升上高中後，周曉霖的成績仍然維持班上第一名，不過她說她讀得有點吃力了，而且第二名成績咬她咬得很近，稍一不慎，她可能會被拚過去。

「幹麼這麼拚命？偶爾寶座讓給別人，當一下第二名，也沒什麼關係啊。」

相較於周曉霖的嚴謹個性，李孟奕倒是顯得隨遇而安多了。

周曉霖聽他這麼說，心裡有些微不開心，他是知道她的，明白她有多需要這第一名的榮耀，跟那份獎學金。

可是他卻回答得那麼無所謂，倒顯得她小氣愛計較了。

周曉霖安靜下來了，她不再開口回應李孟奕說的話。李孟奕心細的察覺了，他轉頭看著她，臉上堆滿笑，「生氣了？」

周曉霖彆扭的搖頭，可臉上表情卻繃得很緊，一看就知道她心裡不痛快。

「欸，妳沒這麼小氣吧？說兩句就生氣？」李孟奕依然笑著，用手指戳戳她的手臂，語氣輕快調皮，帶著玩笑的氛圍。

周曉霖側過身，讓自己的手臂跟李孟奕的手指頭保持一定距離。她不說話的樣子看起來挺嚴肅。李孟奕看著，有點害怕起來。

「周曉霖，妳不說話的時候，看起來好可怕。」他老實的說。

周曉霖依然不回答。

氣氛尷尬起來了！李孟奕真後悔剛才自己幹麼要這樣說。明知道她有多需要那份獎學金，而且她那麼驕傲，肯這樣掏心挖肺的跟他說心裡事，他就應該要感到開心了，怎麼還會白目的說出那些不可愛的話，難怪她要不高興。

「欸，不要這樣啦，我道歉，好不好？」又過了兩分鐘，李孟奕被不自在的氣氛困得快不能呼吸，只好放低姿態，可憐兮兮的求饒。

「你又沒做錯什麼事，幹麼道歉？」周曉霖的口氣還是很冷。

「可是妳在生氣。」

「女生的脾氣本來就不可理喻，前一秒開心、後一秒鬧彆扭，這不是很正常的事嗎？你不要理我就好了。」

「怎麼可能不理妳嘛，妳對我來說那麼重要！」

這話脫口而出，連李孟奕自己都嚇到了。幸好周曉霖並不覺得這句話有什麼特別，她知道他很在乎自己，因為兩個人是好朋友。

而看見李孟奕那臉懊悔的可憐模樣，周曉霖心裡頭立刻就不生氣了，不過仍然嘴硬的說：「那你跟我道歉。」

「我剛才有道歉了！」聽她這麼說，李孟奕知道她已經氣消，嘴角忍不住上揚。心情一放鬆，馬上有精神跟她抬槓起來。

剛才真是嚇死他了！他最怕周曉霖生氣不理他，那比有人掐著脖子不讓他呼吸還要令人難受。他很在乎周曉霖，在乎到連自己都意外的程度，他甚至不敢想像，萬一有一天，他看到周曉霖交男朋友，會不會嫉妒到想直接殺了那個男的！

「那個不算，你沒有很認真。」

「我有！」李孟奕叫著，「我超認真的，好嗎？」

「我感受不到你的認真。」

「那，好吧！」李孟奕妥協的說完，馬上一個大跨步，站到周曉霖面前，擋住她的路，逼得她緊急停下步伐，莫名其妙的看著他。

李孟奕畢恭畢敬的立正站好，顧不得路上其他路人們的好奇目光，對直愣愣的周曉霖彎腰敬禮，說：「周曉霖小姐，我知道錯了，請妳原諒我好嗎？我以後再也不敢出言不遜，惹妳不開心了。」

傻了幾秒鐘，周曉霖才反應過來的伸手推開他，又扯著他的衣袖，拖著他繼續往前，低著頭小聲的嘟噥著，「你幹麼這樣啊？好丟臉耶。」

李孟奕聽她這麼說，孩子氣的笑起來，「丟臉的是我，又不是妳。」

「我也覺得很丟臉啊，你幹麼在大街上對我彎腰鞠躬？害大家都在看我們了，真的很丟臉耶。」

周曉霖畢竟是女孩子，臉皮比較薄，不像李孟奕。男生們平常打打鬧鬧，什麼害羞丟臉的事都做盡了，這種程度對他來說，只是小菜一碟。

以前李孟奕常跟楊允程他們一起玩「真心話大冒險」，玩得最瘋的一次，是他在人來人往的大馬路上，拿著一朵路邊摘下來的野花，跪在看起來大約有七十幾歲的老婆婆面前，大聲的對她說：「請妳嫁給我好嗎？沒有妳，我真的活不下去。」

那一次，他被那位婆婆追著打，打不到還狂罵他「夭壽死囝啊」，而楊允程那一夥壞朋友則在一旁笑到彎腰，好幾個路人也停下來看戲，整條街上就屬他們這夥人最熱鬧又歡樂。

不過事後想想，那真的很丟臉，現在叫他做，他是無論如何打死都不肯的。

看著周曉霖的模樣，李孟奕笑了，他好喜歡看周曉霖緊張到不知所措的樣子，那時候的她總會紅著臉，一雙眼水靈得好清透，很可愛。

兩個人又走了一小段路，突然有個人衝上前來，拍了拍李孟奕的肩。

竟然是楊允程！

自從上高中後，李孟奕就沒再見過楊允程，雖然兩個人偶爾會通一下電話，但因為不同校，生活圈逐漸不同，也就沒再相約見面了。

「幹麼，這麼晚還不回家，打算在街頭流浪？」

看李孟奕還穿著制服，楊允程忍不住開起他的玩笑，一張臉笑得心無城府，十足巧遇故人的開心模樣。

「在學校做壁報，又吃過晚餐才回來，所以才會這時間還在街頭遊蕩。你咧，這時間跑出來做什麼？」

楊允程沒注意看李孟奕身旁站著什麼人，只顧著笑，一面回答他，「口渴出來找喝的啦。你最近怎樣？都不打電話給我了是怎樣？有了新同學就忘了老朋友了是不是？周曉霖那妖女最近怎麼樣？你不是跟她同班？她還有沒有一天到晚『結屎臉』給你看啊？」

李孟奕聽他這麼說，忍不住幸災樂禍的笑起來，瞇著眼的模樣看起來很有奸佞小人的味道，他指指站在一旁的周曉霖，事不關己的對楊允程說：「喏，人在那，你有什麼問題自己問她。」

楊允程這才發現李孟奕身旁的那個女生居然就是周曉霖，當場被嚇到說不出話來！倒是周曉霖，居然毫不在意的衝著他笑。

楊允程這下心裡更恐慌了，他想，這個人一定不是周曉霖！周曉霖根本不會笑哇！她一定是包上周曉霖外皮的山寨版周曉霖，不是真的周曉霖……

他看看李孟奕，又轉頭回來再看看周曉霖，半天吐不出半句話。

「我有這麼可怕嗎？」周曉霖看楊允程突然嚇傻了一樣的反應，覺得好笑，滿臉笑意的開口問。

「妳、妳真的是……周曉霖？」

她點點頭，臉上依然是那抹恬靜無爭的笑意，「我還記得你喔，楊允程！」她偏著頭，露出更甜的笑容，衝著他說：「你不記得我了嗎？」

楊允程被她笑得甜滋滋的模樣完全嚇傻，怎麼樣都沒辦法把眼前的這個人，跟記憶裡那個冷若冰霜的「周曉霖」連結在一起。

「你該不會是突然看到當年心目中的女神，驚嚇過度到完全講不出話來了吧？」李孟奕取笑他。

「閉嘴啦你！」

◎可惜「女神」通常是指：你只能喜歡她、崇拜她，卻不能擁有她。

那天晚上回家洗完澡後，李孟奕接到楊允程打來的電話。

「操你母親的！李孟奕你老實跟我說，你現在跟周曉霖是什麼關係？」

楊允程在電話另一頭大聲嚷著，音量簡直要刺破李孟奕的耳膜。

「小聲點好嗎？」李孟奕把電話拿離開耳畔十幾公分，等楊允程不再那麼激動，才把話筒又重新貼近耳朵，「我跟她就同班同學的關係啊。」

「是嗎？」

「對啦。」

「你確定？」

「阿不然咧，我難道不知道自己跟她的關係定位嗎？」

「哇塞！李孟奕，他母親的！你怎麼都沒跟我說周曉霖變得這麼正啊？」

「她有變正嗎？」李孟奕故作姿態的問。其實他心裡想說的是「她一直都是這麼正啊」，但如果老實說出來，一定會被楊允程笑，所以只好把這回答放在心裡講。

「有啊，變超正的。」楊允程講著講著，忍不住又激動起來，「而且她會笑耶！哇靠，她居然會笑欸……」

「廢話！她當然會笑啊。」又不是假人，當然會笑！

「什麼廢話？你忘了以前國中時，她根本就是冰塊，臉上永遠都是那副『他母親的，你敢來煩我就試試看』的一號表情嗎？可是現在，她竟然……會笑耶，她還對著我笑欸，你有沒有看到她對我笑？厚，她笑起來怎麼這麼可愛！」

她就算不笑，也很可愛啊！李孟奕在心裡又OS了一句。

「所以呢？」李孟奕問。

「她有沒有男朋友？」

一聽楊允程這麼問，李孟奕心裡的警鈴大響。「沒有，但你要幹麼？」

「我想再試試看我還有沒有機會。你說，她現在變得這麼人性化了，應該不會再撕掉別人寫給她的信了吧？或是我應該要進化一點，乾脆直接打電話給她，你覺得怎樣？她喜歡老派一點的追求方式，還是先進一點的？給點意見吧！」

面對楊允程莫名的興奮情緒，李孟奕可是一點也開心不起來。

「你不是有女朋友了？」

「唉，說到她啊……」楊允程突然重重的嘆了一口氣，「我跟她大概是快完了！」

「為什麼？」當初不是恩愛得不閃瞎其他人眼睛誓不罷休嗎？

「也不知道是她變了，還是我變了……總之，她現在對我老是疑神疑鬼的，我們雖然不同班，但好歹也同校，每天黏在一起的時間已經多到我都被其他人恥笑是『女友奴』了，她卻還不滿意。不只每節下課都要我陪她，就連放學回家，我外出去買個東西，沒接到她電話，也要跟我吵，說我一定有鬼，不然怎麼出去都不跟她報備？報備你母親的勒，我不過就是走到街口去買杯飲料，這樣也要報備？那要不要每天上大號的長度跟顏色都跟她形容一下？嘖！女人怎麼這麼麻煩？」

李孟奕沒交過女朋友，他不知道女生這樣的反應到底是對還是不對，沒辦法下結論，也不知道該怎麼安慰楊允程。

但楊允程話匣子一打開，完全停不下來。

「前幾天也是，我們班的人約我放學後去打籃球。籃球耶，你想我怎麼可能拒絕？籃球根本就是我的命啊，你知道的！所以放學的時候，我就趕緊去找我女朋友，跟她說我要打籃球，叫她先坐車回家不用等我了。結果，他母親的，她竟然當場就給我哭了欸，說什麼我不在乎她啦、不關心她啦、老是把朋友擺在她前面啦……後來竟然威脅我，要我在籃球跟她之間選一個！靠！這是要怎麼選啦？一邊是人，一邊是球，人跟球算同類嗎？一個會呼吸的，一個不會呼吸的，是要叫我怎麼選？」

李孟奕在電話這頭聽著，無聲的咧著嘴偷笑，他不敢讓楊允程聽見自己的笑聲，免得換他被飆。

楊允程又嘆了口氣，用無奈的語氣說：「所以你說，我跟她是不是快完了？以前還沒交往的時候，她明明就很可愛，我跟她說什麼，她都會笑，問她什麼，她都會先聽我的意見，不哭也不鬧，跟現在完全不一樣……我也是，以前她心情不好的時候，我都能很有耐心的安撫她、逗她笑，可是現在只要她一哭，或是生氣擺臭臉，我的情緒就會跟著暴走。

她都還在醞釀狀態，我就已經想直接轉身走人了。」

李孟奕躊躇片刻，想著該說些什麼勸他想開一點，或多順著女朋友一些，但話還沒出口，楊允程又接下去了。

「女人啊，真的很麻煩！像麻糬一樣，剛吃下去的時候很香、很甜，咬一咬之後，發現它超黏牙，清理時很麻煩。可是把它放在那裡不去吃，又會饞……」

李孟奕聽完，邊笑邊說：「你很會形容嘛！」

「我這是切身之痛。」

「反正你讓著她一點，不就好了？」

「我還不夠讓她嗎？」楊允程低落的情緒這下子又再度高昂起來，他激動的說：「她半夜打電話給我，跟我說她讀書讀到肚子餓，我他母親的就要跑去街上幫她張羅宵夜送過去；她說她那個來不舒服，我就一下子肩膀、一下子後頸的幫她按摩；她說她跟同學發生不愉快，心情不好，我就得準備一堆笑話講給她聽，講得讓她不滿意了，還要被打槍，換個新的重新再講……反正我們男生就是可憐啦，人家女生一談戀愛後，馬上就麻雀變鳳凰，但我們男生一談戀愛，卻立刻從王子變僕人，什麼你想得到的、想不到的，做牛做馬的工作，就像接力賽一樣的等著我們去完成，不聽話還不行，有夠悲慘的。」

「那你還想再交女朋友？」

李孟奕想到他剛才說想追周曉霖的話，心裡不知怎麼的，就是不爽快。

「你知道鞋子理論嗎？」

「那又是什麼？」

「就是說，一雙漂亮的鞋，看起來高貴又美麗，但穿在你腳上，可能尺寸不合，讓你有不舒服的感覺。你如果夠聰明，就知道要換鞋，而不是委屈自己……所以，我的確是應該要換鞋了。」

「你哪來這麼多奇奇怪怪的理論啊？」

「哪會奇怪？我覺得鞋子理論講得很好啊。」

「可是說不定周曉霖根本不適合你啊。」

「沒試過怎麼會知道？」楊允程認真的回答，又說：「不過說真的，她現在這樣很正欸，跟國中時完全不一樣。以前雖然也算漂亮，不過老是一臉屌樣，不知道在臭屁什麼，驕傲得要命。還好現在不會了，變得親切又愛笑，一整個就是我的菜。」

「什麼都嘛是你的菜！你的胃口真是大，只要長得好看一點的，全都是你的菜。」

「嘿，你知道就好……談戀愛就是不能墨守成規，多認識多交往，才能找到適合自己的，對吧？」楊允程又恢復他那不正經的本性，嘻嘻哈哈的笑聲從電話另一頭傳來，「快點快點，快把周曉霖家的電話給我吧。」

李孟奕心裡煩極了，這個傢伙根本就不是認真的啊，什麼叫「多認識多交往」，簡直就是把周曉霖當試驗品嘛！

不是認真到心痛的喜歡，就不能算是愛！

「我不知道她的電話。」

李孟奕斷然拒絕楊允程的要求，他對朋友的請求向來是來者不拒的，唯獨牽涉到周曉霖，他不想幫忙。周曉霖是他心裡，唯一想要保護的人。

「怎麼可能，你們不是朋友嗎？你們剛剛還走在一起耶！」楊允程鬼叫起來。

「既然每天都會見面，幹麼還要通電話？而且我們有什麼事，會在學校裡說，回家就沒有通電話的必要啦。」李孟奕回答得理直氣壯。

其實，他老早就把周曉霖家的電話號碼背得滾瓜爛熟，牢牢的記在腦袋裡，雖然，自己一次也沒打過……

楊允程最後沒輒，只好又胡亂跟他哈啦幾句，掛了電話。

那一夜，李孟奕坐在書桌前，面對著攤開在他面前的國文詞語解釋，卻什麼也沒背進腦袋裡。他整個腦子裡想的，全都是周曉霖。

◉人生有很多種可能，而周曉霖，就是李孟奕生命裡最美麗的一種可能。

隔天到學校，第二節下課時，李孟奕在男廁門口遇到也來上廁所的徐瑞昇。

李孟奕很幼稚的在水龍頭下沾濕手指，把水珠彈在徐瑞昇的臉上。

男生都喜歡玩這種無聊的遊戲，有時還會捧水互潑，即使淋得一頭濕漉漉的，也無所謂的笑。

徐瑞昇也彈水珠反擊，兩個大男生就在陽光燦燦的學校走廊上一陣嬉鬧。

走回教室的路上，徐瑞昇問李孟奕，「欸，我問你喔，周曉霖有沒有喜歡的人？」

李孟奕心中頓時警鈴再度大響，但表面上仍然是那副平靜的模樣。

「我不知道欸，怎麼了？」

「那你知不知道她有沒有男朋友？」

「應該……沒有吧！我沒聽她說過。」

不要再問我周曉霖的事了啦！我一點都不想跟你們說，你們全部全部全部都不要再打她的主意了啦！李孟奕在心底無聲的抗議。

「那她有沒有告訴你，她喜歡什麼類型的男生？」

李孟奕搖頭，心情怪異到極點。

「我突然覺得，她是一個不錯的女生欸，」徐瑞昇微笑著，「我想追她。」

李孟奕安靜了，他沉默的低頭，看著自己不斷交替前進的左右腳鞋尖，心情變得好爛！

楊允程跟徐瑞昇都怎麼了，怎麼忽然就喜歡起周曉霖來啦？他不能阻止，可是，也不想祝福這兩個人，甚至，他很邪惡的希望周曉霖可以拿出國中時對付那些追求者的魄力，斷然拒絕。

但是上高中後的周曉霖，個性不再像以前那麼尖銳、難以接近。幾天後，李孟奕看到她跟徐瑞昇下課時站在走廊上有說有笑，徐瑞昇不曉得說了什麼話，周曉霖看著他，笑得眼都瞇起來了。

陽光灑在兩個人身上，那畫面，宛如兩人站在一片金黃色的光芒裡，有股祥和安好的氛圍，看上去很美好。

李孟奕的心裡有種說不上來的感受，酸酸的，還有點生氣。

他本來要找徐瑞昇約放學後打兩場鬥牛再回家，但看到那刺眼的場面，頓時決定什麼都不要說了，心情壞到極點的轉身回到自己的座位坐下，順手從抽屜裡抽出數學課本，埋頭計算起書上的習題來。

沒多久，周曉霖走進來。她的座位在李孟奕前頭，一坐下，就轉過來看了他一會兒。

「這麼認真？」她問，語氣輕揚愉快。

「嗯。」李孟奕頭抬也不抬，聲音悶悶的。

「你算的這些地方，我們還沒教過欸。」

「嗯。」

「這些你都會？」

「嗯。」

「好強喔！不過這裡……你好像算錯了！」她指著李孟奕計算紙上的某個算式說。

李孟奕突然氣惱的闔上數學課本，近乎粗魯的把課本跟計算紙疊放在一起，用力塞進抽屜裡。因為動作太大了，所以當書本撞到抽屜前方的隔板時，還發出一陣不小的碰撞聲響。

不過幸好是下課時間，周圍鬧烘烘的，沒人注意到這邊的異樣。

倒是周曉霖被李孟奕的舉動嚇到。她第一次看到李孟奕這麼生氣，不知道他是怎麼了。

看著他，周曉霖有片刻怔忡。她憂心的開口，「……你怎麼了？」

「沒事。」李孟奕的聲調有點繃，他躲開周曉霖注視的目光，不去看她的眼睛。

這時，徐瑞昇剛好走過來，拍拍李孟奕的肩，就像平常那樣。然而這一刻，李孟奕卻對他一如往常的動作感到莫名的嫌惡。

「喂，放學後，要不要來兩場鬥牛？我約了張峰碩，他叫我來問你要不要一起去？」

「我今天有事。」

李孟奕低頭說完，就在兩人不解的眼光中，起身走出教室。

他一離開，徐瑞昇就轉頭問周曉霖，「他怎麼了？」

「我也不知道。」周曉霖也很想知道是怎麼一回事，「剛才明明還好好的啊。」

往前推想，上一堂課是歷史課，歷史老師向來照本宣科，這堂課總是很無聊，沒什麼樂趣。課堂上，李孟奕還跟她傳了好幾次紙條，討論最近學校附近開的那間義大利麵店。那時，他還好好的，還約好要找個假日一起去吃，又討論要不要約許維婷，因為下個月是許維婷的生日，可以順便幫她慶生。

那個時候，他明明還有說有笑，很正常哇！怎麼一下課，她出去裝杯水、在教室門口跟徐瑞昇聊了幾句回來，李孟奕就整個人大暴走了？

周曉霖不懂，卻很擔心。

上課鐘敲響後，李孟奕也沒有馬上回來，一直到地科老師都開始講課了，他才站在教室外喊了聲「報告」，返回座位坐好。

周曉霖從來沒有像現在這樣的焦慮過，感覺如坐針氈，每一秒都是煎熬。

地科老師上課講了什麼內容，她全都聽不進去，滿腦子只有想著：李孟奕是怎麼了？

坐在她身後的李孟奕也沒辦法專心聽講，他看著周曉霖的背影，心裡五味雜陳，他有點後悔剛才對她的態度不佳，一定把她嚇到了！

可是沒辦法啊，他控制不了自己的情緒。他生氣那些對她有企圖的人，不管那些人是不是他的好朋友，或是哥兒們。

不准就是不准！沒他的允許，誰也不准打周曉霖的主意。

他輕輕的、無聲的嘆了口氣，這樣的心情，是祕密，是他心底最私密的情事，他不敢也不想向周曉霖吐露，怕破壞了他跟她之間的平衡。

周曉霖是那麼驕傲又偏執的人，在她的世界裡，不是全部，就是零。她沒辦法接受所謂的模稜兩可，也不可能讓自己陷進曖昧狀態裡。

所以他們兩人如果要保持有所交集的現狀，他就必須以一種最單純的朋友關係，站在她身旁。

雖然會痛苦、雖然難免會急躁，但一想起那些直接被周曉霖宣判出局的男生們，李孟奕就覺得再苦再難，都要忍耐。

他可不想也被周曉霖宣判出局，或遠離她的世界。

倏地，坐在前方的周曉霖把手偷偷的伸到後面，將一張折得四四方方的紙條放在他桌上。

她沒有轉頭朝著他笑，也沒對他說話，李孟奕卻為了她的小小舉動，頓時心跳加速。

打開紙條，周曉霖娟秀的字跡躍然紙上：

嘿！你還好嗎？發生什麼事了嗎？你看起來心情很糟！我沒別的意思，只是這樣的你，讓人很擔心。不要忘了，我們是朋友，好嗎？

李孟奕反覆的將紙條上的字，來回看了好幾次，看著看著，心情不再那麼鬱悶。周曉霖是在乎他的。他知道！因為知道，所以開心。

他拿起筆，另外撕了一張紙條，在上面寫著：

沒事啦，我只是突然莫名的焦躁，是不是嚇到妳了？對不起！為了賠罪，放學後，我請妳吃冰。

紙條折好後，他用食指戳戳周曉霖的背，周曉霖把手悄悄的往後伸，李孟奕再趁地科老師不注意時，將紙條放在她的手心裡。

那是他們之間的暗號，只要他戳戳周曉霖的背，周曉霖就會知道他要傳紙條給她。

把寫好的紙條交給周曉霖後，他又仔仔細細的看了一遍她寫給自己的這一張，然後再輕輕就著紙上的折痕，重新折好，放進上衣左邊口袋裡。

那個貼著心臟的左邊口袋。

把珍惜的東西放在上衣左邊的口袋，是因為那裡最貼近心臟，於是妳也被我珍惜的放在心上了。

後來，那天的小小不愉快，隨著兩個人的言歸於好，不留痕跡的消逝了。

像是禁忌般，李孟奕跟周曉霖同時很有默契的，在往後的日子裡，沒再拿那天他怪異的情緒反應出來討論。李孟奕是心裡有鬼，所以不提出來講，而周曉霖則是覺得事過境遷，沒有再拿出來研究的必要。

楊允程事後到底有沒有探聽到周曉霖的電話，李孟奕不知道，他沒聽她提過，也沒再巧遇楊允程，或接到他打來的電話。

倒是周曉霖跟徐瑞昇，依然是淡淡的同學關係，兩個人雖然偶爾也會聊上幾句，不過他們談話時，大部分的時間，李孟奕都在一旁，所以徐瑞昇沒什麼機會當面向周曉霖表白。不過李孟奕知道徐瑞昇的個性，其實不是什麼作風大膽的人，所以他想，徐瑞昇利用寫信的方式向周曉霖告白的機率比較高一些，但看兩個人目前相處的情況，應該還沒行動吧！

李孟奕只能在心裡暗自祈禱徐瑞昇能早日打消告白的念頭。學校的女生那麼多，他實在沒必要把目光跟心思都放在周曉霖身上啊。

正巧，這一年的西洋情人節，跟許維婷的農曆生日同一天。許維婷是個怪咖，她說家裡的人都幫她過國曆生日，所以朋友如果要幫她慶生，只能選擇農曆生日那天幫她過，不然會「強碰」，她可不想錯過任何一個可以過生日的機會。

之前李孟奕就已經跟周曉霖講好要幫她慶生，趁著這個機會，預約了學校附近那間義大利麵店。

在去之前，周曉霖就先跟李孟奕說清當天的消費方式要一人一半。她知道李孟奕家境優渥，平常出去吃東西，都會習慣先掏腰包埋單，有時她事後要給錢，卻總被他回絕。他的說法是：下次讓妳請。

但說歸說，十次裡面，他最多只讓周曉霖請個三、四回。周曉霖總覺得自己是佔他便宜，但他卻老說：「不過就是吃點東西，幾十塊而已，我把它當投資，等改天妳發達了，我就天天死賴活賴，讓妳帶我去吃大餐。妳看看這個投資是不是很划算？我都覺得是我賺到了呢！」

每次他這麼說，她就沒轍。

許維婷生日那天，餐廳裡人滿為患，幸好李孟奕有事先預約，不然可能就要像其他沒預約的人一樣，站在店門外枯等一、兩個小時。

「先說好喔，今天是妳生日，所以這一餐是李孟奕跟我請客，妳可不要再塞錢給我們喔。」

被服務生帶位到預訂的餐桌前，周曉霖等服務生一走，馬上開口跟許維婷說清楚。

「好啊。」許維婷很豪爽的答應，接著說：「不過我也先說好喔，這頓飯就算是你們送我的生日禮物了，等等誰要是再多拿禮物出來送我，我也不收。」

「那這個呢？」李孟奕從身上的側背包裡掏出兩小盒薄片巧克力，笑著說：「今天是情人節，好歹也讓我應景一下吧！許維婷小姐，妳不會這麼狠心，連讓我配合潮流的機會都不肯給吧？」

那品牌的巧克力是周曉霖喜歡的，許維婷一看，頓時明白了某些事。

「喔，那個喔……好啦，看你這麼有誠意的份上，我就勉強接受了。」

許維婷很有義氣的笑著，又用促狹的眼神睨著李孟奕，彷彿在說「我知道你在搞什麼鬼」！

李孟奕才不理鬼靈精怪的許維婷，他把一盒巧克力推到許維婷面前，另一盒推到周曉霖前面，微笑的臉龐上十足誠懇，「情人節快樂。」

周曉霖不疑有他的接受了那盒巧克力，反問：「可是我沒有準備要送你的巧克力欸，而且西洋情人節不應該是女生送巧克力給男生嗎，怎麼是你反送給我們？」

「幹麼這麼注重禮節！反正就是一個開心的節日，誰送誰有什麼關係？妳也不用送我啦，我不喜歡吃巧克力這種東西，所以送我根本就是在浪費錢啊。」

周曉霖很單純，完全接受李孟奕的說法。

許維婷就沒那麼簡單了，她在幾天之後找機會逮到李孟奕，質問他是不是喜歡周曉霖？

一開始，李孟奕打死不認，不斷強調他跟周曉霖只是好朋友。

「屁啦！我沒看過感情這麼好的異性朋友！而且……你對她也好得太異常了吧，連巧克力都送她喜歡的品牌。怪了你，明明是我生日，你卻只送她喜歡的巧克力，而不是送我喜歡的巧克力，這分明就是有鬼。」

許維婷平常總是一副天然呆的蠢樣，功課也是在中間程度，但只要一涉及八卦，她馬上就化身為柯南，任何蛛絲馬跡都逃不過她的法眼，而且還很有耐心的明察暗訪，非查出個水落石出，滿足自己的好奇心不可。

在許維婷的不斷逼問之下，李孟奕終於承認自己對周曉霖的心意。

「原來你真的喜歡她唷？」

許維婷開心起來，一張臉因為激動而顯得紅通通的，眼神流轉間波光蕩漾。

「那你怎麼不跟她說？」她又問。

「我擔心講了之後，會破壞我跟她現在的關係。」

「不講怎麼知道呢？」

「就是會擔心嘛！所以不想改變現狀。」

「不改變就只能維持現狀，你應該不想要這樣吧？」

「但我更害怕失去。」

許維婷認真的看了李孟奕幾秒鐘，臉上的表情不再嘻笑，用大人般的口吻問他，「你喜歡她多久啦？」

「不知道。」李孟奕搖頭，他真的不清楚自己到底從什麼時候開始，把周曉霖放在心上的。「好像很久了，大概是在我跟她變成好朋友之前吧。」

「哇！我看不出來你這麼長情。」

許維婷的認真沉穩維持不到一分鐘，馬上就破功，她用力的捶了一拳在李孟奕肩上，嘻嘻哈哈的說。

「妳看不出來的東西還多著呢！」李孟奕睨了她一眼，半玩笑半認真的說：「除了長情，我還很專情，而且一定會很疼女朋友，把她捧在手心一樣的寵著……所以妳啊，罩子放亮點，以後如果要找男朋友，一定要以我為標準，找一個像我這樣的，外型跟個性都算上等，對女朋友體貼又溫柔。不過妳千萬不要找不到就直接向我告白啊，我已經心有所屬了，沒打算變心。」

「我都快吐了我！」許維婷做出嘔吐的表情，受不了的瞪了李孟奕一眼，「你可以再噁心一點啊！」

「跟妳說話真沒勁，我那麼認真，妳卻說聽了會想吐。」

「我這個人向來只說真話。」許維婷說。

「我也是向來不唬爛啊。」李孟奕回她。

她翻了翻白眼，換個話題，神祕兮兮的說：「告訴你一個祕密。」

「說！」

李孟奕並沒有配合她的態度，也露出神祕兮兮的表情。他不怎麼感興趣的樣子，引起許維婷的不滿。

「欸，你這個人怎麼這樣啦？我是很認真的要跟你說祕密欸。」

「說啊，我在聽。」

「可是你至少也表現出一副很想知道的樣子嘛。」

「喔，那我該怎麼做？」李孟奕學許維婷要跟他說祕密時，張大眼睛，把頭湊過來的樣子，問：「像這樣子嗎？」

「對。」許維婷終於滿意的笑了，接著，她神神祕祕的說：「我昨天在公園附近，看到你國中那個死黨，叫楊、楊……」

「楊允程喔？」

「喔，對對對，就是他。」

李孟奕不以為意的坐正身子。遇到楊允程算什麼祕密啊？以前國中時不是常常看到？嘖！這傢伙什麼時染上小女生那種愛搞神祕的惡習啦？

許維婷也不理他的反應，繼續說下去，「我看到他女朋友在哭欸。」

咦，不是說要分手了，怎麼還糾纏在一起？不過這也不奇怪，楊允程也算是個重情重義的男生，兩個人都交往一年了，要分開多少也會捨不得吧！

「吵架吧！」李孟奕淡淡的說：「男女朋友吵架，女生不是都會哭嗎？」

「我看沒那麼簡單。」許維婷用食指摳摳下巴，一副她是偵探，正在推理命案的模樣。「他女朋友還說，如果不想辦法解決，要跟他分手！」

李孟奕聽完，並沒什麼特別的反應，「應該是吵架啦，情侶吵架，女生不是都會賭氣說要分手嗎？電視都是這樣演的啊。」

許維婷有點被說服，她嘟起嘴，喃喃說：「是這樣子嗎？」然後又搖搖頭，看著李孟奕，「可是我怎麼覺得事情好像不是那麼簡單啊？你那個朋友一副天好像要塌下來的表情，如果只是很單純的吵架，他的反應未免也太誇張了吧！」

「我是覺得喔，」李孟奕習慣性的伸手去推推許維婷的額頭，笑著說：「妳的反應才是真的誇張了。人家分不分手關妳什麼事？難道妳對楊允程有興趣，打算趁他跟她女朋友分手後，來個乘虛而入？」

「乘你的大頭啦！」許維婷白了他一眼，「你這個梗一點都不好笑，零分。」

◉快樂的時光總是特別的短，宛如限量一般，而擁有妳的日子，是我一生中，最幸福的一段時光。

李孟奕並沒有把許維婷說的話放在心上。他認為，那不過就是楊允程跟他女朋友吵架的過程，哪對情侶不吵架的？鬧起來甚至連打架都有的呢！楊允程那程度的吵架，只能算是情侶界的一碟小菜吧，根本不足掛心。

所以他沒打電話去關心楊允程。他想，說不定吵完架，楊允程就又馬上跟他女朋友和好了，現在兩人又恩恩愛愛的，那他也沒必要主動把不愉快的經過挖出來殺風景。

倒是過幾天，楊允程自己打電話來了。

「有沒有在忙？」他說話的口氣相當低落。

那時李孟奕正在讀書，準備第二天的小考，聽見楊允程的聲音，連忙放下手中的筆，說：「沒有。怎麼了？」

「你可以出來一下嗎？我在你家附近的小七外面。」

李孟奕二話不說的答應，放下電話，騙媽媽說要去買咖啡提神，打算晚上熬夜念書。然後就在媽媽欣慰的目光下，騎著單車外出了。

一到便利商店門口，他就看到楊允程神色萎靡的坐在戶外咖啡區的座位上。見李孟奕走近，楊允程遞了一瓶綠茶給他，半句話不說，跟平常總是嘻嘻哈哈的樣子截然不同。

李孟奕對他這副樣子並不陌生，之前也曾看過一次，那次是他決定要好好念書，引起周曉霖的注意……不過這次情況好像相當嚴重，他看起來了無生氣。

「怎麼了，有什麼事不能在電話裡說的？」

「電話裡說不清楚。」

李孟奕於是不再追問。他了解楊允程，他會約出來講，事情必然有一定的嚴重性。他知道楊允程心裡一定非常掙扎，不然不會露出欲言又止的表情。

他等楊允程主動跟他說。

不逼問，是李孟奕體貼朋友的方式。

兩個人就這麼安靜的坐著，誰也沒先開口說話，耳邊只聽到便利商店的電動門不斷開啟時發出的「叮咚」聲。李孟奕坐著無聊了，於是開始默背剛才讀的國文課文。

當他正背到陶淵明的〈桃花源記〉裡的「自云先世避秦時亂，率妻子邑人，來此絕境，不復出焉，遂與外人間隔」時，楊允程開口了。

「你有沒有錢，可以借我一萬元嗎？」

李孟奕差點把含在嘴裡的綠茶噴出來。他吞下綠茶，睜大了眼盯著對方。

楊允程也看著他，眉心微蹙，片刻，才慢慢的說：「……她懷孕了。」

李孟奕以為自己聽錯了，楊允程的意思是，他搞出「人命」來了？

「我是真的沒辦法，才來找你的！」楊允程見他沒反應，著急了，「我知道一萬元不是小數目，但我東湊西湊，還湊不到三千。我們沒辦法把這個小孩生下來，我跟她都還這麼年輕，不能生下孩子，就算生下來，我、我也養不起……有個朋友介紹我一個醫生，他可以幫我們做人工流產，但因為不能讓她或我家長知道，所以我們找的是密醫……」

李孟奕聽到這裡，整個人火大起來，他瞪大眼對楊允程低聲嚷著，「楊允程！你瘋了嗎你？找什麼密醫啊！萬一有風險要怎麼辦？」

「不然你要我怎麼辦？讓她被她爸打死嗎？」楊允程激動起來，欲哭無淚的表情，是李孟奕從來沒見過的樣子。「她才幾歲？人生怎麼可以就這樣被我毀了？她說她還想去讀大學，還想出國去看看國外的世界，難道我就這麼不負責任的讓她被一個孩子綁住？」

「難道墮胎就是負責任的做法？」

「這已經是沒辦法的辦法了！」楊允程的聲音哽咽起來，「拿掉這個孩子後，我會尊重她的任何決定，如果還想跟我在一起，我會好好跟她在一起，如果她決定放棄我，那我也會接受，畢竟，是我對不起她的……」

李孟奕看著楊允程痛苦的模樣，心裡酸酸的，像有什麼東西在他的心上拉扯……他突然好想念當初那個笑聲朗朗，好像天塌下來也無所謂的好友。

為什麼好好的一段感情，會被他們走成這樣？

愛情，總是開始於一個微笑，而結束於一滴淚。

「明天晚上八點，你來這裡等我，我帶金融卡出來領錢給你。」李孟奕嘆了一口氣說：「一萬五夠不夠？」

「不用那麼多，一萬元應該就夠了。」

「其餘的錢，你拿去買些補品給她補身體吧。」

「那錢……等我找到打工的工作後，會分期慢慢還給你。」

「錢的事，以後再說，我不急。」李孟奕拍拍楊允程的肩，語重心長，「你也不要去打工，好好收心念書吧，不要老是這樣吊兒郎當的，也該長大一點了。不然萬一你真的被拋棄了，有哪個女生會像她那樣善良的接收你呢？」

李孟奕的話講到後來，楊允程就笑了，一拳擊在他的肩窩，笑著罵了句，「他母親的，都還沒分手，你就詛咒我！還有沒有朋友道義啊？」

他笑著笑著，突然又攬住李孟奕的肩，說：「謝啦，兄弟！還好有你，不然我真的不知道該怎麼辦了。」

「幹麼突然講這種噁心巴拉的話？兄弟是用來幹什麼的？朋友有難，我不幫點忙，還算是人嗎？」

李孟奕笑著推開楊允程，接著說：「而且，你不要以為你講這些話，我就會被感動到痛哭流涕。告訴你，我是江湖中傳說的鐵石心腸，不是那麼容易掉眼淚的。」

楊允程哈哈大笑，跟剛才失魂落魄的模樣，已經判若兩人。李孟奕看見他笑，一顆高懸不安的心，終於落了地，踏實多了。

隔天晚上吃過晚餐，李孟奕又向媽媽撒了謊。這次說是要去跟同學拿講義和重點整理，然後再度在媽媽欣慰的目光中，騎著單車外出。

到便利商店門口時，楊允程已經站在那裡等了，見到李孟奕來，他咧嘴笑了笑，那笑容有點靦腆。李孟奕明白他的心裡有多不好受，楊允程向來是對朋友伸出援手，而不是接受朋友幫助的那種人，所以李孟奕能夠明白他昨天是鼓起多大的勇氣，向自己求救，今天又是提起多大的勇氣，才站在這裡等待他的救命錢。

李孟奕二話不說，走進商店，直接從提款機裡領出一萬五千元。存摺裡面的存款是他每年的壓歲錢，跟成績考好時媽媽給他的獎勵金，一點一滴存下來的，存到現在也有六位數了，不過他平常用不到那些錢，所以不介意領一些出來幫朋友。

楊允程拿著錢，眼眶有點紅，張嘴想說些什麼，卻什麼都說不出來。

「欸，你千萬不要跟我說謝謝喔。」

李孟奕知道他心裡的感受，雖然楊允程什麼都沒說，但他就是知道。「如果硬要跟我這麼見外的話，那就是不把我當朋友了……還有，這件事就當是你跟我的祕密，不要跟其他人說，我也不會說。至於這筆錢，昨天說過了，你不用急著還，我目前還不需要用到什麼錢，等以後你出社會工作了再慢慢還我，不還也沒有關係。是兄弟就不要跟我太計較，了解？」

楊允程發紅的眼眶裡，有濕潤的水波。

他看著李孟奕，點了點頭。

李孟奕拍拍他的肩，叮嚀著，「趕快回家吧！如果還有什麼需要我幫忙的地方，儘管跟我說，不用怕不好意思，我說真的！還有……記得買些東西幫她補補身子。」

楊允程又點點頭，掄起拳頭，輕輕的打一拳在李孟奕的肩窩上。這是他道謝的方式。

李孟奕懂的，他真的明白！

我們總想保護自己喜歡的人，卻也總在不知不覺中，用自己的方式傷害了對方。

兩天之後的早晨，李孟奕才剛走到校車候車處，周曉霖就把他拉到一旁去。

「欸，我問你喔，張晴柔是不是跟楊允程在交往？」

「誰是張晴柔？」

「我國小同學。」

「喔。」李孟奕有點想起來了，楊允程曾說過他女朋友國小時跟周曉霖同班過。

「他們是不是在交往？」周曉霖又問。

「我不知道楊允程的女朋友叫什麼名字，不過楊允程曾說，他女朋友以前跟妳同班過，是妳的小學同學。」

「那應該就是了！」周曉霖點點頭。

「怎麼突然問這個？」

「她昨天打電話給我，說交了個男朋友，講了楊允程的名字，我原以為只是名字同音，但她又說是我的國中同學，我就想可能真的是他。但後來想想，還是問你確定一下比較好。」

「喔。」

李孟奕不知道她問這個要做什麼，確定楊允程是張晴柔的男朋友，然後呢？

見周曉霖把話講到這裡，就不再接下去，李孟奕瞧了她一眼，好奇的問：「張晴柔打電話給妳做什麼？」

周曉霖不是會說謊的人，她神色有異的搖了搖頭，說：「其實也……沒什麼事，就是聊聊。」

李孟奕知道她是刻意不講的，說不定張晴柔是打電話告訴周曉霖自己懷孕的事。不過既然周曉霖想幫她保密，他也就只好不去戳破這個祕密了。

果然，那天晚上，李孟奕又接到楊允程的電話。

「我女朋友說她昨天打電話給周曉霖。」

李孟奕輕輕哼了聲，並沒有告訴楊允程，其實自己早知道這件事。

「我們跟醫生約了這個星期六下午三點去做人工流產，我女朋友說她會怕，想找個人陪，但又不想找身邊的朋友，怕她們會說出去，所以想到了周曉霖。她國小時跟周曉霖交情還不錯，又說她口風緊，應該不會把這件事說出去。」

楊允程說著說著，聲音又微微哽咽了，他深吸了口氣，繼續說：「李孟奕你說，我是不是很欠揍？之前我一直想著要跟她分手，跟你說了她好多的缺點，卻沒讓你知道她其實還有好多優點。發生這種事，讓她擔心受怕，我卻無能為力……這一陣子她的話變得好少，在學校也不再來纏著我了。每次看到她，她的眼眶總是紅紅的，好像眼淚一直停不下來一樣。她沒跟我說她心裡有多難受，但看她低著頭走路的樣子，我就能知道她一定也很痛苦……我才發現，原來我真的很在乎她。」

李孟奕不知道自己到底該說什麼、回答些什麼、安慰他什麼，好像不管說什麼，都是多餘的。

索性，就安靜的聽他說吧！

「我想保護她，很想很想保護她，可是我卻只會讓她哭……我真的是個大笨蛋！」

發生這種事，誰都不樂見，但事情已經發生，誰能扭轉時光回到過去，把錯誤的部分導正呢？李孟奕知道楊允程很後悔，可是後悔還是要面對啊，總不能把頭埋進沙裡當鴕鳥吧？自己看不見，並不代表事情就解決了。

「星期六你們約在哪裡碰面？我一起過去吧！人多一點，多少能壯一下膽子。」

這是李孟奕對朋友的義氣與體貼。

星期六那天，當李孟奕依約出現在楊允程相約的地點時，周曉霖瞪大了眼望著他，好像從來沒看過他似的。

不過她沒主動過來跟他說話。

周曉霖的身旁站了一個女孩子，瘦瘦小小的，臉龐很清秀，只是臉色有點蒼白，眼眶紅紅的。

這應該就是張晴柔了吧。

楊允程臉上的線條繃得很緊，一點笑意也沒有，只是朝李孟奕點點頭。

在前往楊允程說的密醫診所途中，大家都很安靜，好像每個人心裡都懷著很重的心事，神情凝重的不發一語。

但走到診所所在的舊公寓門口，剛準備要上樓，張晴柔突然「嗚」的一聲，再也忍不住的哭了起來。

她的哭泣不是號啕大哭，也不是放聲悲泣，而是一種努力壓抑著的抽噎。

李孟奕突然同情起她來，這麼瘦小的身子，卻要承受這麼大的憂傷，那是他沒辦法體會的悲痛。

周曉霖攬著張晴柔的肩，什麼話也沒說，只是把她的頭壓在自己的肩上，手一下又一下的拍著她的背。

楊允程滿臉焦慮，像隻無頭蒼蠅張晴柔身旁走過來、走過去，而張晴柔只是一個勁的哭，根本沒空理他。

好不容易，張晴柔的哭聲漸歇，扶著周曉霖的手，低聲的說：「我們進去吧。」

兩個男生跟在她們的身後上了樓。

那是一間看起來很詭異的醫院，裡面燈光十分昏暗，看起來不像診所，反而比較像鬼屋。李孟奕不知道到底是誰介紹楊允程來這個鬼地方的，不過不管是誰介紹都一樣，尚未成年的允程跟張晴柔，在沒有監護人簽名的情況下，是沒辦法在一般醫院合法拿掉這個孩子。

既然無法合法，那就只好找非法的了……

楊允程因為已經先跟醫生約好，所以跟掛號處的人講一聲，馬上就有位胖胖的婦人從裡面走出來，帶著張晴柔走進走廊盡頭的房間。房門口掛了一塊舊舊的木板，上面寫著「手術室」。

楊允程又開始焦慮了。

他不斷的在走廊走來走去，周曉霖則靠在牆邊，不發一語，偶爾眼神瞄向楊允程，但她就算不說話，李孟奕也能看出她在生氣，生楊允程的氣。

大約過了一個多小時，張晴柔才從那間手術室裡走出來，她的臉色比先前更加蒼白，眼睛腫腫的，身子看起來搖搖欲墜，好像隨時都會昏倒一般。

楊允程迎上去，扶住張晴柔，卻被她掙扎著推開。

「你走開，滾！」她一激動，眼淚又開始撲簌簌。

周曉霖走上前，扶住張晴柔，眼光充滿殺氣的掃了楊允程一眼，那一眼彷彿在警告他：你最好不要輕舉妄動！

楊允程大概是被張晴柔的舉動跟周曉霖的目光嚇到，竟就這樣佇立在原地，一動也不動的目送兩個人從他眼前遠去。

李孟奕在一旁目睹整個經過，雖然也覺得發生這樣的事，責任歸咎起來，是楊允程不對的比例比較高，但此時此刻看著他孤立無援的模樣，還是忍不住心疼起好友來。

「走吧。」

見周曉霖跟張晴柔已經走出診所大門，李孟奕才走過去推推楊允程的肩，提醒他該離開了。

淚。

楊允程還是一動也不動。李孟奕等了一下，又上前去催促，這才發現楊允程滿臉是淚。

「我真的是……爛透了……」他哽咽的說著。

那是李孟奕第一次，也是最後一次，看見楊允程哭。

有人說，男生不容易掉眼淚，不是因為他堅強，而是他的淚只為自己珍惜的人流。

那天之後，楊允程就又一如往常般的消失無蹤，沒再打過電話給李孟奕。

而根據周曉霖那裡傳來的消息，張晴柔也沒再找過她。

那件事就像是場惡夢，夢醒了，一切不真實得彷彿從沒發生過。

李孟奕跟周曉霖的生活，又回到風平浪靜的平淡日子裡。每天該擔心的事，只有不斷接踵而來的各種考試。

雖然偶爾當他們聊起楊允程跟張晴柔時，周曉霖仍會陰惻惻的咒罵楊允程幾句，不過大部分的時間裡，他們也沒什麼太了不起的煩惱。周曉霖仍然是那個個性單純，沒什麼心機的純真女孩。

又過了一段日子，李孟奕從其他國中朋友那裡聽說楊允程跟女朋友分手的消息，還說自從分手後，他變得消極了，整個人像行屍走肉一般魂不附體，生活完全沒了目標。

李孟奕打了幾通電話去楊允程家找他，卻沒有一次找到人。

楊允程彷彿突然人間蒸發一般，消失在這個世界上。

起初，李孟奕很擔心他，發了瘋似的找了好幾個國中死黨，追問他們知不知道楊允程的下落，可惜那些人大多跟他不同校，也同樣的失去了楊允程的消息。

最後他問到一個跟楊允程同校的國中同學，對方答應李孟奕，會幫他盯著楊允程，如有任何狀況，一定第一時間通知他。

李孟奕這才稍稍安了心。

周曉霖知道李孟奕為了楊允程的事煩心，所以盡量不去吵他，兩個人一起上下學時，她總找一些輕鬆的話題跟他聊，逗他開心。

日子一久，李孟奕也漸漸不再掛心楊允程。他知道楊允程不是那麼容易做傻事的人，而時間一直都是傷痛最有效的治癒良藥。再說，奶奶老說「沒消息就是好消息」，這句話，他以前一直不懂它的意思，現在完全了解了。

學生的生活，猶如生命裡最璀璨的一顆光點，雖然總被一堆考試壓得喘不過氣來，但生活裡的小確幸，卻又那麼容易垂手可得。

也許是因為純真，所以不會有太多的貪念，一本好書、一張漂亮的書籤、一支濃郁的牛奶雙淇淋、一句深入人心的好話、喜歡的人的一個淺淺笑容……都能讓人心情飛揚好久。

升上高二後，課業更加重了。李孟奕對課業的企圖心本來就不是很強，除非有想要超越的目標，否則，他總抱持著「老二哲學」，只要成績維持在班上前十名，不要太爛就好。

相較於李孟奕的隨性，周曉霖可就沒辦法那麼輕鬆。為了獎學金，她可是戰戰競競的在課業上做了十足的準備，有時就連下課時間，都還拿著各種顏色的螢光筆，在書本上畫重點。

周曉霖畫過重點的課本跟講義，套句許維婷說的話，真的是「五彩繽紛，宛如春臨大地一般的萬紫千紅，欣欣向榮」。

但看到周曉霖這麼認真，有時，她都還沒說累，李孟奕就已經替她感到累了。

可是周曉霖有些怪癖，有些話只能放在心裡想，卻不能對著她說，不然她可能會臭臉給人看，比如功課上的事、比如獎學金的事。

李孟奕可是吃過這些苦頭的，所以現在學聰明了，如果可以，他就盡量不去跟周曉霖討論到「幹麼讀書讀得這麼累」或「妳不要把自己繃得那麼緊嘛」這類的話題。

那些全都是周曉霖的禁忌。

隨著課業的增加，李孟奕發現，周曉霖的話越來越少，她每天都很認真的捧著書看，不管是下課時間，或是在坐公車的時候。

周曉霖曾經向他訴過苦，說她發現現在讀書對她來說，越來越吃力，幾乎就要負荷不了了。

李孟奕知道，那是因為理科跟數科的難度加深了。那些科目對男孩子來說尚可應付，因為大致而言，男生的腦筋比較靈活，可以展現跳躍式的理解力，不過要靠背誦的語文類，他們可就不及善於語言組織的女孩子們厲害了。

果然，在高二下學期，第一次段考成績一公布，周曉霖坐了三個學期的全校第一名寶座拱手讓人了。

成績公布的那一天，周曉霖整個人顯得異常沉默，不像平常那樣的開朗。

許維婷從同學口中聽到消息後，也擔心的跑來，卻被從廁所回來的李孟奕攔在門口。

「妳幹麼？」李孟奕把她拉到教室旁的樓梯間問。

「看看周曉霖有沒有怎樣啊。」

「第一名寶座被搶走，妳覺得她會怎樣？」

「所以我要來安慰安慰她啊。」

「妳白癡啊！周曉霖是那種需要別人安慰的人嗎？虧妳還是她的好朋友，怎麼會想到那麼無腦的事啊？」

「你就只會罵我……」許維婷嘟起嘴，一臉委屈，「那不然你說怎麼辦嘛！她心情不好，難道我就只能袖手旁觀？」

「對！」

「啊？」

「袖手旁觀，沒錯。」

「你還有沒有良心啊？周曉霖再怎麼說，也是你的好朋友欸，而且她……」許維婷突然壓低音量，賊兮兮的看著他，小聲的說：「還是你暗戀的對象耶！」

「閉嘴啦妳！這種事我自己清楚，不用妳一天到晚拿來提醒我。」

李孟奕拍了下許維婷的頭，語帶警告意味，「反正妳就安靜的在一旁蹲著畫妳的圈圈就好，周曉霖的事妳不用管了，她那個人什麼脾氣妳難道不知道？有些事，她只要自己想通就會好了。」

「可是……」

「沒有可是，不能可是了。」李孟奕截斷她的話，「反正妳就當作沒這件事，回去乖乖的待在妳班上，如果周曉霖需要妳，她會主動去找妳。」

許維婷半信半疑的瞅著李孟奕，半晌，才點頭同意。

「那我回教室去了喔，如果……我是說如果啦，如果周曉霖需要我時，你一定要跟我說。」

「知道了啦！別瞎操心，有什麼狀況，我一定馬上通知妳。」

許維婷點點頭，轉身往教室的方向走去，但走了四步，才跨出第五步，她卻突然站住了腳，又轉過身來。

「欸，可是我覺得啊，這個時候是不是該講些什麼讓她開心的事，說不定她聽完之後，就會忘記那些不愉快了，對吧？」

「什麼是可以讓她開心的事？」

「我覺得，要不然你就趁這個機會直接跟她表白，如果你不敢說，我也可以幫你啦！這樣你比較不會那麼尷尬。」

「許維婷，妳敢說出去就試試看，看我饒不饒妳！」

「可是被人喜歡，不是一件令人開心的事嗎？如果是我，聽到有人喜歡我，什麼壞心情啊、毛情緒啊，一定馬上消失不見，還會覺得那人真是有眼光，知道我是塊未經雕琢的璞玉。」

李孟奕聽到後來，忍不住笑了。

「還璞玉咧！我看是塊貨真價實的假玉吧。」

「屁啦，全世界就數你眼光最差，不知道我有多珍貴。」

「多珍貴？」

「珍貴到可以列為保育類了呢。」許維婷說：「你看，全世界就只有我一個許維婷，走遍世界各地，也找不出第二個，所以你說，我珍不珍貴？算不算保育類？」

李孟奕本來還以為她會說什麼道理來，結果聽完她的歪理，馬上爆笑出聲。

「幹麼笑得這麼奸佞啦？好啦好啦，我知道你完全認同我說的話，只是不好意思承認，才會笑得這麼變態的……OK啦，我懂、我明白、我了解。」

李孟奕這回手下毫不留情的拍上許維婷的後腦勺，「懂、明白、了解個屁！還不敢快滾回妳教室去！還有，在周曉霖面前，一定要裝作什麼事都沒發生，繼續好好維持妳什麼事都不知道的天然呆喔，聽見沒？」

「聽見了啦……」

許維婷又委屈的嘟起嘴，在李孟奕的注視下，一步一步慢慢走回自己的教室。

◉ 安靜，是我能給妳的，最溫柔的溫柔。

但周曉霖的壞心情並沒有很快退散，接連好些天，她又回到國中時期，像要與世隔絕一般，總是一個人獨自行動，不主動與李孟奕攀談。即使李孟奕跟她說話，她也總是心不在焉的「嗯嗯嗯」帶過。

剛開始，李孟奕還心疼她，也能容忍她的怪異情緒。他當然知道這樣的打擊，對向來成績優異的周曉霖來說很難接受。

可是時間一拖長，李孟奕也開始有點不耐煩了。

他覺得，又不是世界末日，周曉霖有必要搞的一副「人生了無希望」的樣子嗎？下次再努力不就好了？反正當學生也沒什麼「福利」，唯一的好處就是考試特別多，等下次段考再搶回寶座，不就得了？有必要行屍走肉般的對世界失望嗎？

他還不是連一次考試都沒贏過周曉霖，可是他有表現出像她這樣的絕望嗎？他覺得她根本就是一朵溫室花朵，連這一點小小的挫折都承受不起，以後又要怎麼樣面對殘酷的世界？

終於，在一個星期二的下午，李孟奕對周曉霖的不滿情緒累積到爆發點。

當時他們在化學課進行分組實驗，兩人跟幾位同學被分配到同一組。拿燒瓶要做實驗時，李孟奕明明提醒過她要小心，但幾秒鐘後，周曉霖就失手打翻了燒瓶，幸好裡面裝的是熱水，不是化學物質，不然後果可能會更嚴重。

這本來不算嚴重失誤，但問題是，以前這種意外，周曉霖根本就不會犯。

李孟奕的情緒一下子就被挑起來了，他生氣周曉霖的心不在焉，他生氣周曉霖的不小心，更擔心萬一周曉霖弄傷了自己，他會怎麼心疼、怎麼自責！

那一刻，他的身體裡滿滿、滿滿的，全是憤怒的情緒。因為太生氣了，所以根本就沒辦法思考，直接抓起周曉霖的手，在同組同學面面相覷的驚呼聲中，把她拉出教室。

周曉霖也被他突如其來的舉動嚇壞。她不明白他為什麼要這麼生氣，那是他們認識那麼久以來，第一次看到他這麼憤怒。

大概是因為太過震驚，所以周曉霖忘了要掙扎，忘了開口叫他停下來，配合的讓他拉著自己走。

李孟奕把周曉霖帶到實驗教室大樓的頂樓，推開通往頂樓天台的鐵門。天台的鐵門通常都是上鎖的，但他知道這裡的鐵門鎖是壞掉的，只是教職員都還沒發現而已。

周曉霖有些吃驚，她不知道這道門竟然輕而易舉就被打開，她也從來沒來過頂樓，因為那向來是學校嚴格禁止的行為，而她是個模範學生，從沒想過要違規。

李孟奕把周曉霖拉到天台中央，才放開她的手。

天台上風很大，周曉霖的馬尾被風吹得不斷左右晃盪，偶爾髮絲還會撲打在自己的臉頰上，感覺到細微的疼痛。

李孟奕看著她，目光炯炯，平常總是微微上揚的唇角，此刻正倔強的緊抿著。

周曉霖不明所以的望著他，她不知道為什麼只是不小心打翻一個燒瓶，李孟奕就要生氣成這樣？況且，那燒瓶並沒有被打破啊！就算不小心打破了，頂多也是她賠償，又不是李孟奕要賠……

「妳到底要到什麼時候才會恢復正常？」

「啊？」

李孟奕沒頭沒尾的問話，一時之間讓她完全不知如何回答。

「不過就是一次考試不盡理想，但妳不是也盡力了，有必要這麼耿耿於懷第一名的位置嗎？偶爾受一下挫折又有什麼關係？」

這下子周曉霖終於聽懂了。

「你不要管，這是我的事。」

她最不喜歡心情不好的時候被安慰，也不喜歡被不清楚事情原因的朋友說教。

更何況這個人還是李孟奕！一直跟她最談得來，始終最了解她，總是無條件支持她的李孟奕。

任何人都可以不懂她，但唯獨就是李孟奕不可以！

李孟奕是這個世界上，除了爸爸之外，她最信任的人了，所以他知道許多她沒告訴過別人的事，包括她為什麼亟需要獎學金、為什麼要拚命維持住自己的好成績，還有她為什麼寧願放棄每一個可以跟朋友相約出去遊玩的假日，只為了要抓住時間多算幾題數學題、多背幾篇國文課文、多記幾個英文單字！

她難道不想跟同齡的孩子們一樣坐在速食店裡吃炸雞、喝可樂，聊一些小到不能再小的事，開開心心的揮霍一生僅有一次的年輕嗎？

她難道不想在含苞待放的美好十七歲，穿上公主袖上衣、雪紡紗短裙，踩著低跟高跟鞋，就像身邊許多急著長大、忙著打扮自己的女孩們一樣，漂漂亮亮的妝扮外表，吸引旁人讚賞的目光嗎？

她難道不想讓自己放鬆一點，而不是每天都活得像根被綳得緊緊的琴弦，老是像驚弓之鳥一般，時刻擔心自己的成績退步了、獎學金沒有了、爸爸向來引以為傲的女兒再也不能讓他感覺驕傲了……這些事！

她其實累了，很累很累。明明只有十七歲，但她的心，卻像七十歲那樣的蒼老。可是她不能抗議、不能說累、不能妥協，因為這就是她的人生。

是她媽媽用生命、用死亡，迫使她提早長大的人生。

所以她不能不長大。她不能像身旁的女生一樣，用嬌滴滴的聲音撒嬌或耍賴，她早就沒有幼稚或任性的權利了。

「……難道一直讓自己沉浸在痛苦裡，不斷的懊悔與怪罪自己，把自己逼進孤獨裡，戴假面具去對待關心妳的朋友們……這樣比較好？妳太讓我失望了，我不知道妳是這麼任性，這麼禁不起挫折的人。」

「失望你就不要來理我啊。」

周曉霖的情緒一下子就被李孟奕挑起來，她用憤怒的情緒偽裝自己的害怕，她不想聽到李孟奕說出對她失望的那些話，她擔心他會不會在下一秒就轉身離去，從此兩個人回到兩條平行線的關係！

她不要這樣。

「我是很想不理妳，因為我他媽的最痛恨別人用自憐自艾的樣子裝弱者，最討厭一遇到小挫折就表現出一副一蹶不振的死樣子。給別人贏一下是會怎樣？這個世界就是這麼現實！風水就是會輪流轉！好運不可能永遠都在某個人身上！機會永遠都是給準備好的人……妳要大嘆不公平也好，要說老天爺對妳太殘忍也好，但他媽的妳就很公平嗎？別人讀書也讀得要死要活，偏偏腦袋就是沒妳聰明，所以就算整本書翻爛了，分數排名還是離妳很遠，可是其他人有像妳這樣尋死覓活的每天苦著一張臉嗎？」

「你講別人的事幹麼？我難過我自己的事，關你說的那些人什麼事？」

周曉霖很生氣，氣到眼淚都在她的眼眶中顫抖了，於是她吼李孟奕，心卻痛得要死……這個人，為什麼要給她難堪？他不是她最好的朋友嗎？可他為什麼偏偏就是要在她的傷口上撒下一大把又一大把的鹽巴？

想不到李孟奕跟著吼回來，「只是比喻給妳聽而已啦！妳在自怨自艾的時候，有沒有想過其實在這個世界上，比妳可憐的人還有很多？妳想要獎學金，難道別人就不想要嗎？妳念書念得這麼勤，難道別人都是在玩嗎？可是讀書並不是與這個世界溝通的唯一方式，妳沒有必要讓自己活得這麼累，偶爾一次的失敗並不是全部，妳有的是捲土重來的機會，但是妳身邊的朋友沒有責任要陪妳一直難過著，妳懂不懂？」

周曉霖的眼淚終於還是滑落眼眶了，先是一滴、兩滴，接著便湧出更急更多，她用手背努力的擦拭，卻怎麼樣也擦不完。

「如果……如果我的心情，你真的沒辦法懂，那我們不如就……絕交吧！」

最後，在周曉霖轉身離開時，她對李孟奕說。

◉在這世界上，有許多情緒是我們都不想要，卻怎麼樣也避免不了的。

面對幸福，我們總是感到膽怯，害怕太快擁有、害怕太早失去。

我想，人是矛盾的。

明知道這世界七十億的人口，大部分的人都只能平凡淡然的度過這一生，卻還是想要轟轟烈烈的生活，如果生命不能如願，那麼至少讓愛情瘋狂炙熱。

然而一旦遇到了對的那個人，卻又希望生活能平淡得細水長流，至少可以永久。

雖然明知不可能，但我還是希望，你，會是讓我內心炙熱、愛情長久的那個人。

幻滅，是成長的過程

李孟奕跟周曉霖就這麼決裂了，雖然絕交的提議是周曉霖單方面提出來的，但李孟奕沒反對，所以兩個人無可挽回的鬧翻。

其實李孟奕從頂樓天台下來時，就已經後悔了。

他向來不是控制不了情緒的人，可是很多時候，在一些特定狀況下，自己卻沒辦法好好掌控。

比如，那天對周曉霖說的重話！

他其實並不想令她更傷心難過，只是想要點醒她，可是偏偏情緒一來，自己就忍不住激動，一激動，講的話就不太順耳，於是到頭來，周曉霖也就被他惹毛了！

許維婷說，這就叫「自作自受」。

「不是叫我繼續維持天然呆，以靜制動，結果你咧？自己像頭瘋狗一樣亂吠亂叫，結果被獅子咬了吧！哈哈，呆子！」

許維婷全無同情心的取笑他。

李孟奕深深的嘆了一口氣，這已經是這個星期來他嘆過不知道第幾百幾千個氣了。他的心情鬱悶到了極點，一切都怪自己愛出頭，用自以為對周曉霖好的方式對待她，哪知那根本就不是她想要的。

「欸，我來找妳訴苦，是想讓妳安慰安慰我，不是來聽妳取笑我的耶。」

「有句俗語說得極好：有仇不報非君子。」許維婷笑嘻嘻，「我難得逮到好機會，不趕緊反擊一下，還算是人嘛我！」

李孟奕哀怨的瞪著她，許維婷看到他深宮怨婦般的眼神，笑得更樂了。

「好啦好啦，我想辦法幫你就是了，你也不用悲哀成這樣吧？」

李孟奕又深深的嘆了口氣，「難怪我媽說，惹龍惹虎，就是不要惹到恰查某。」

「喔喔，你慘了你，你居然說周曉霖是恰查某？我要跟她說。」

現在，他已經連跟許維婷辯論都覺得費力了，只能無力的說：「去吧去吧，反正她已經在生我的氣了，再多說一件事讓她更生氣也沒差。」

「唷，你真的這麼傷心喔？」許維婷把腦袋湊到他面前，好奇的張大眼，問：「真的很難過喔？」

「廢話！」李孟奕說：「被喜歡的人討厭，誰能開心得起來？」

「好啦好啦，」許維婷拍拍他的肩，很有義氣的說：「我去幫你向周曉霖求情，請她大人不計小人過，這樣夠意思吧？」

「願妳成功。」

李孟奕還是沒什麼活力。

「幹什麼啦，講得好像我沒辦法勝任說客工作似的，有沒有這麼看不起我啊？」

「不是看不起妳，是太了解周曉霖的鐵石心腸了。」李孟奕幽幽的看著她，有些無奈，「我和她相處的時間比妳久，了解她的程度比妳深，知道當一個人惹怒她的時候，會有什麼樣的下場。我太了解她了。」

「噯，這麼悲觀，一點都不像你欸！安啦安啦，看在我們友情鐵三角的分上，周曉霖一定不會跟你計較那麼多的啦。」

可惜許維婷的說情一點也起不了作用，周曉霖依然不肯理會李孟奕，她也只能鎩羽而歸。

「沒救了，我看你自求多福吧。」許維婷拍拍李孟奕的肩膀，對他投以同情的目光。

李孟奕早就知道結果會是這樣的，所以他並沒抱太多希望，如此結局，也在他意料之內。

只是，少了周曉霖的日子，感覺不再那麼美好。

周曉霖並沒有不見，她依然在他舉目能視的範圍裡，也依然坐在他前面的座位上，但她的心卻離他那麼遠，他們之間那座曾經暢行無阻的心橋，如今已經成殘垣斷壁，他已經走不進她的心裡了。

李孟奕好懷念那段他能跟周曉霖說說笑笑的歲月。那時不管是坐校車，或是討論作業、題型，他都覺得好幸福，因為周曉霖會跟他說話、對他笑。

四月初，學校舉辦高二學生們期待已久的自強露營活動。三天兩夜的行程，是學生們心目中，繼高中畢業旅行之外，另一個重要的活動。

早在寒假結束後，各班就已經摩拳擦掌，準備著露營第二天晚上營火晚會裡要表演的節目。

李孟奕班上表演的是話劇，是搞笑版的《白雪公主》。整部劇就是無厘頭的演出，內容經過徹底改動，跟原著完全不一樣，講的是白雪公主對後母的反擊。當然，劇裡依然有七矮人，還有一個騎掃把出場的短腿王子。

當初在選角的時候，李孟奕運用他在班上的「惡勢力」，禁止同學推選他出來演……他成功了，但卻忘了班上還有個周曉霖。那些沒提名李孟奕的人，全把票投向周曉霖，於是周曉霖順利當選「王子」這個角色。

「這不合理啊！」李孟奕跳出來想幫她解圍。那時他跟周曉霖的交情還沒生變，基於朋友道義，當然要幫她說些話。「而且，周曉霖的腿那麼長，怎麼看也沒有短腿王子的fu啊。」

也不知道是不是因為他在班上人緣比較好，講話相對有分量得多，或是大家認同周曉霖的外型確實不適合「短腿王子」角色，總之，後來班上再次進行第二次投票，王子的角色換由另一個矮個子、表情有很喜感的男同學來演出。

於是整部話劇，全都是男生演員，反串演白雪公主的男生，扮起女生角色很討喜，排演的時候，一群男生玩在一起，常不按腳本走，於是平白多了幾幕私加的橋段，又增加了許多搞笑的對白。

李孟奕跟周曉霖都看過他們排演，周曉霖常常笑到逼出淚，像被什麼人點了笑穴一樣，停都停不下來。

那時，李孟奕總是坐在她旁邊，偷偷觀察她的一舉一動，看她笑得那麼開心，他就覺得好快樂，好像什麼都值得了。

喜歡一個人，原來這麼簡單，只希望能天天都看見她的笑容就好。

隨著露營活動逼近，班上參加話劇演出的同學們，就更加緊把握時間排演，為了不讓表演內容走漏風聲，通常都利用放學時間，關起教室門窗，躲在裡面排演。

周曉霖雖然後來沒有參與演出，不過因為手巧，被同學們拜託幫忙做道具，於是接連幾天的放學時間，她都留下來跟班上幾個女同學一起做場景道具。

李孟奕也找了個很爛的藉口跟著留下來。

他的藉口是：幫忙遞茶水。

「我們又不是手殘了，還要你幫忙遞茶水？」有同學吐槽。

「你們排演很辛苦欸，我雖然沒有參與演出，但好歹同班，總得讓我略盡點心意。我很願意當小弟，幫你們跑腿買水喔。」

有人願意跑腿幫忙，哪有不接受的道理？於是，李孟奕就利用了這個爛藉口留了下來。

周曉霖其實是知道的，她知道李孟奕的用意，知道李孟奕是擔心她一個人坐公車回家不安全。她知道李孟奕總是故意跟她搭同班公車，也知道他總是偷偷的跟在她身後，直到她回到家，他才轉身回自己家。

她什麼都知道，卻什麼都沒有說。

她已經不再生李孟奕的氣了，卻不知道該怎麼重新開口跟他說話。

曾經是很要好的朋友，然而一旦爭吵過，兩個人的處境就會變得很尷尬，好像連自然的交談，都是一件很困難的事。

於是在李孟奕第三天偷偷送她回家的途中，周曉霖走著走著，突然停住腳步，一動也不動的佇立在人行道上。

李孟奕被她這突如其來的舉動嚇住，也跟著停下來。

他看著周曉霖低頭的單薄背影，不知道她怎麼了？

幾分鐘後，李孟奕開始覺得不對勁，周曉霖的舉動太怪異了……突然一個念頭閃過他的腦海——她該不會是地中海型貧血又發作，頭暈不敢走路吧？

這麼一想，他就急了，急急忙忙的邁開腳步往前跑，跑到周曉霖面前，焦急的問她，「喂，周曉霖，妳怎麼了？」

周曉霖緩緩的抬起頭，臉上沒有任何異樣，神情既沒有貧血症發作時的痛苦，也不蒼白。

「我才想問你是怎麼了呢！」她說。

雖然只是不帶情緒的一句話，李孟奕卻莫名開心起來。

這還是他們吵架後，周曉霖第一次跟他說話。

但面對周曉霖的質問，他一時之間不知道該怎麼接話。

「你跟蹤我？」周曉霖又問。

「沒有！」李孟奕一聽到「跟蹤」兩個字，直覺想到電視或電影裡那種專門尾隨女性的變態，連忙否認。他才不是變態呢！

「那你為什麼一直跟在我身後？而且，這已經不是第一次了！」

「我、我……」

李孟奕詞窮得不知道該說什麼好，這時候，好像不管如何解釋都不對！

周曉霖看著他窘迫得不知所措的表情，嘴角忍不住微微上揚。

她沒讓李孟奕發覺到自己臉上的笑意，繞過他，又繼續往回家的方向走。

走了幾步後，她回頭瞄了瞄，發現李孟奕還傻傻的佇在原地看著自己，於是扯開嗓子說：「不是要送我回家？還不趕快跟上來。」

李孟奕還以為自己耳朵壞了、聽錯了！直到看見周曉霖臉上那朵綻放開來的笑容，他才如夢初醒般的跟上去，心裡像幾萬枚煙火在施放，開心到了極點。

於是兩個人的交情，又再度恢復了。

和好後的周曉霖也不再如之前那樣，成日憂心忡忡，擔心成績追趕不上別人，回不到先前的排名。

「反正就是盡人事，聽天命了。」她有天跟李孟奕講起此事。

「怎麼突然想開了？」

「是我爸跟我說的。」周曉霖笑了笑，聰慧的眼裡閃啊閃的，似有瀲灩波光藏在她眼底似的。

「哦？」

「其實你那天罵了我之後，回家我心情一直不好，晚上讀書時想著想著，就難過的哭了起來，剛好我爸那天早下班，經過我房間聽到哭聲，走進來問我怎麼回事。我跟他說了你罵我的事，他說，你說的沒有錯，還要我不要把自己逼得那麼不快樂，只要盡人事，聽天命就好。」

李孟奕覺得，周曉霖的爸爸應該是個很好很好的人！

看見周曉霖的轉變，他雖然之前一直懊悔對周曉霖說了那麼重的話，害她傷心難過，不過如今看來，似乎反而該慶幸當初自己不顧一切的說出那些話，不然周曉霖的萎靡不知道還要持續多久。

總是要浴火之後，才能重生！

只要妳能開心就好！就算結果是我自己孤單一個人，也沒有關係。

露營地點安排在距離學校大約一小時車程的水庫露營區。當天，總共開了八部遊覽車，參加的學生們難得可以離家外宿，每個人都很興奮。

紮營的地方分兩區，一區是女生區，一區是男生區。

女生區在營地內側，為了保護女學生們的安全，晚上有老師跟教官輪流值守；男生區在營地外側，跟女生區保持一段距離，而兩區之間，另外安排教職人員站崗，所以基本上，男女生私下根本沒有機會碰面。

本來李孟奕打算頭一天晚上要約班上同學們一起夜遊探險，他在班會提出這項提議時，獲得許多人一致的贊同，但人算不如天算，以目前的情形看起來，夜遊的機會渺茫。

放好各自的行李後，各班派代表去伙食區領中午要準備的食材。

李孟奕跟班上幾名男生去領了四份午餐材料，兩份留在男生這邊，兩份送到女生營地。

藉此機會，他跟徐瑞昇各搬一份女生的午餐食材，光明正大的晃進女生營區裡。

「欸，妳會煮吧？」

當李孟奕把周曉霖那組的食材放在帳棚外的野炊枱上時，好奇的問正在一旁點火燒水，準備洗手作羹湯的周曉霖。

「還可以。」

「好吃嗎？」

「至少不會吐出來。」

「那妳要不要去我們男生那邊支援一下？我怕會吃到沒熟的食物。」

「頂多就是拉肚子。拉完後又是一條好漢了，怕什麼？」

哇噻，這女人的心怎麼這麼歹毒！

「那妳有沒有帶胃腸藥，借我一些如何？」

「你找老師或教官要比較快，我沒帶那種東西在身上。而且我聽說你們剛去領食材的伙食區附近有救護站，如果真有什麼問題，救護站裡的護士會救你的。」

李孟奕這下真覺得「情與義，不值錢」哪！瞧瞧周曉霖，居然這樣跟他耍嘴皮子，一副見死不救的模樣，果真是江湖中傳言的鐵石心腸。

這時徐瑞昇送完另一份午餐食材，折返回來，也走過來跟周曉霖聊了幾句，之後就和李孟奕一起回到男生營隊裡，為自己的午餐奮鬥。

基本上，他們這一組，全都是些中看不中用的男生，在家裡個個都是「飯來張口，茶來伸手」的公子哥兒，幾個人只能眼巴巴的望著眼前的半包米、半顆高麗菜、兩條吳郭魚、雞蛋、玉米、白蘿蔔跟紅蘿蔔，還有那些剁成一塊塊的生雞肉發呆。

「怎麼辦？」有人先出聲問。

「就……先生火煮水吧！等水滾了，再把這些東西一樣一樣丟進去煮，只要東西有熟，應該就沒問題了吧？」另一個同學說。

「你的意思是……我們全部吃水煮的？」李孟奕大為驚訝。他又不減肥，為什麼要吃水煮的東西？

「不然你會煮嗎？」

全部人一致朝他看來，他也只能頹然的搖了搖頭。

「那就對了！總之，我們只求不要吃壞肚子，牙一咬，三天一下子就會過去了。這段期間，大家就勉強一點，吃些水煮的東西。如果不介意的話，在水裡多加一些鹽巴或醬油，食物有鹽度，比較好下飯嘛。」

雖然無奈，但大家也只能接受這樣的結果。誰叫他們這一組這麼寶，全都是些沒進過廚房的少爺們，要是平常在家主動進廚房幫媽媽準備晚餐，說不定今天下場就不會這麼悲慘了。

李孟奕這一刻，突然好想念媽媽煮的菜餚。平常在家覺得很平凡、每天都會吃到熱騰騰的飯菜，這時卻突然體會出它的珍貴性……

或許這也是學校舉辦露營活動，讓孩子們在沒有父母的幫助之下，自力更生的深層用意吧！

◉而我其實更喜歡，在離家的情況下，還能有妳的陪伴。

其實李孟奕並不喜歡露營，因為營帳裡沒有舒服的床、因為他們煮出來的食物說有多難吃，就有多難吃、因為學校安排的野地求生活動很無聊、因為在這三天裡，他沒有辦法光明正大的站在周曉霖身旁，聽她說話，陪她走一段只有他們兩個人相伴的路，送她回家……

種種原因，都讓李孟奕心裡深深痛恨著，為什麼學校要辦這種無聊的活動？

尤其是野炊時間，當別隊營帳外傳來香噴噴的炒菜味跟煎魚香時，他們這一隊就特別無力，只能勉強吃水煮菜跟水煮魚、水煮肉。

徐瑞昇跟他們不同隊，可偏偏他是「上得了廳堂，下得了廚房」的優質男生，他那一組的飯菜全由他掌廚。有一餐居然還煮出三杯雞，只聽見那組的男生歡聲雷動，而其他組的人卻只能投以羨慕加嫉妒的眼光……也不知道他到底是想逼死誰啊？

第二天晚上舉行營火晚會，以班為單位集合，所以終於可以「男女合體」的坐在一起。李孟奕那天的晚餐吃得特別快，雖然依舊是水煮的東西，不過他居然不覺得難以下嚥了。

心情果然會影響胃口。

李孟奕一到集合地點，馬上就在人群裡搜尋到周曉霖的身影，他興沖沖的走過去，扯開笑臉看著她。

「怎麼了？」

周曉霖見他笑得像彌勒佛一樣，狐疑的盯著他問。

「沒事。」李孟奕還是笑。

見到她的感覺真好！雖然只有一天多的時間沒在她身旁轉來轉去，不過感覺就像過了幾個世紀那麼久，真難捱。

各班圍著營火坐時，教官明明說了男女生分開，別坐在一起，但李孟奕才不管，他就是要跟周曉霖一起坐。

「欸，你去坐後面啦，教官不是說男女生分開坐嗎？」

周曉霖推推坐在她身旁的李孟奕。

「沒關係！天色這麼暗，人又這麼多，教官才不會沒事找事做。安啦安啦，他不會發現啦。」

他一點也不以為意，大搖大擺的盤腿坐在她身旁。

周曉霖勸說無效，也只好由得他了。

晚會一開始，第一個表演的班級是許維婷那一班，表演的節目是熱舞，只見一群穿著超短熱褲、露出一小截小蠻腰的短T恤女孩子出場。舞都還沒開始跳，全場的男生都已經瘋了，又叫又喊的，比演唱會現場還熱鬧。

許維婷也在那些女孩子當中。這是李孟奕第一次看到她穿得這麼辣、這麼有女人味，他沒辦法把她跟平常在球場上追著籃球跑的許維婷連結在一起。她好像變成一個他不認識的人。

「許維婷穿這樣真好看！」

周曉霖湊過頭來，輕聲的在李孟奕的耳畔說著。

李孟奕點點頭，又忍不住批評，「可是穿這樣太暴露了。」

「怎麼會，現在女生都是這樣穿的，反正年輕嘛，不展現一下自己的身材，也太浪費了。」

李孟奕看著周曉霖，本來要問她「那妳敢不敢這樣穿」，可是繼而又想了想，萬一她回答「敢」時，自己又要怎麼接話？難道要說「妳還是穿著保守一點比較好，我不希望別的男生用色迷迷的眼光看妳」嗎？

轉過頭，李孟奕悶悶的說：「還只是學生而已，沒必要打扮成這樣。」

周曉霖聞言，笑了笑回答，「看不出來你觀念還滿守舊的嘛。」

李孟奕沒再接話，這時音樂響起，全場簡直要暴動了。

許維婷她們在營火前賣力熱舞，李孟奕沒想到她竟然真的會跳舞，本來他以為她大概是上去湊人數、做做樣子，想不到她的舞蹈動作還挺紮實的，每一個動作都充滿力量跟韻律感，看起來像有舞蹈底子的樣子。

周曉霖也看呆了，表演結束後，她鼓掌鼓得特別用力，轉頭笑嘻嘻的對李孟奕說：「許維婷跳得好棒！」一副與有榮焉的樣子。

第一個表演就這麼具有震撼性，以至於接下來的幾個表演，就顯得沒什麼特點了。話劇表演被排在第五個節目，當反串成白雪公主的男生出場時，又再次炒熱氣氛。因為是搞笑版的演出，裡面還夾著一些有點顏色的對話，所以獲得全場絡繹不絕的笑聲跟掌聲。

周曉霖對班上的話劇演出很捧場，雖然她先前也看過好幾次排演，但正式演出時，某些好笑的梗還是能引得她大笑。李孟奕偷偷觀察她好幾次，她的眼睛亮亮的，嘴角揚起快樂的弧度，他能感覺她是真的很開心。

所以，他的心情也跟著飛揚。

如果在這樣的氣氛下，他向她告白了，會被打臉嗎？

當念頭閃過李孟奕腦海時，他打了個冷顫……呃，還是不要冒險好了，前一陣子的吵架，他就快招架不住了，萬一她因為告白又生他的氣，再也不理他，這不是要叫他去死嗎？

接下來的表演，不能免俗的，又有點沉悶了，還有兩個班級看起來是趕鴨子上架，竟然全班都上來，站在場中央大合唱，一班唱〈明天會更好〉，另一班唱〈朋友〉，唱得全場都快昏昏欲睡。

營火晚會最後的高潮是頒獎，許維婷他們班不負眾望的拿到第一名，李孟奕他們班則是第三名。宣布名次時，總教官還說明了給分理由，對話劇的評語是「顏色笑話太多了點，有教壞同學的嫌疑，所以總分扣五分」，這理由一說出來，全場又是爆笑，又是掌聲。

李孟奕也覺得好笑，平常總教官嚴肅得不苟言笑，學生們一看到他，就好像老鼠看到貓，為了躲開跟總教官直接碰面的機會，還特地繞路走，想不到總教官居然逗得同學們笑得這麼開心，師長與學生間的隔閡，瞬間消弭了許多。

散會回到營帳裡，同學們還興奮得吱吱喳喳聊個不停。明天早上吃過早餐，再整理一下，差不多就要返家了，雖然吃了兩天的水煮食物，也鬧了一些笑話，不過現在回想起來，這趟旅程好像還滿快樂的。

李孟奕被同學吆喝著一起玩牌，先是玩「排七」，後來玩「大老二」，但玩得太祥和了，同學喊不過癮，接著有人提議玩「心臟病」，這下子，氣氛很快就熱鬧起來，整區營區，大概就屬他們這個隊最吵鬧。

中間還一度有幾個別班的男同學鑽進他們的營帳裡，看他們到底在歡騰什麼。

也許因為是這次露營的最後一晚，老師們明白他們難得放縱，知道今天過後，再回學校，又要再度投入那些讀不完的書本裡，所以不管他們怎麼笑鬧，老師們也只是過來提醒他們放低音量。

李孟奕嘴裡笑著、眼裡笑著，心裡卻依然想念著周曉霖，他彷彿還能聞到剛才坐在她身旁時，她身上那股似有若無的沐浴清香。

魂牽夢縈，原來不只是一句成語，妳證實了它的存在。

隔天早上，難得老師們佛心大發，終於不再讓他們「自生自滅」，而是準備了三明治、饅頭夾蛋跟豆漿。

李孟奕感動極了，終於可以不用再吃水煮食物。

平常他並不喜歡吃三明治，也不愛吃饅頭，更不喜歡喝豆漿，不過現在卻覺得這三樣東西吃起來，特別的美味。

吃過早餐後，他鑽回營帳裡，收拾好自己行李，又跟同學把野炊的鍋子跟沒用完的各種調味料，送回伙食區。

回程的時候，才走到半路，就被一個女生喚住。

「我……我有話想問你。」

那女生，李孟奕看過幾次，好像是五班或六班的，看起來文文靜靜的一個女孩子，講話的聲音細細柔柔，不算很漂亮，不過還滿清秀，應該是楊允程會喜歡的類型。

李孟奕請同行的同學先回去，他跟著那女同學的身後走，來到一條人煙稀少的小徑，對方才停下腳步。

「怎麼了？」李孟奕看著她越來越紅的臉龐，有點好奇，張口問。

「我、我想請問你，我……可不可以跟你做朋友？」

「啊？」

「我沒別的意思！」那女生怕李孟奕拒絕似的急著補充，「就是很單純的做朋友。」

「喔。」

李孟奕第一次遇到這種情形，不過這場景似曾相識，以前楊允程很喜歡周曉霖時，也說他想跟周曉霖做朋友。

女孩子聽見他單音的回答，不能明白語氣裡的意思，睜圓了眼，安靜的看著他。

愛。

李孟奕被她看得有點不好意思起來，只好清清喉嚨，又回答了聲，「好。」那女生一聽，終於放鬆的笑了。她笑起來，臉頰上有兩枚深深的酒窩，看起來有點可愛。

「那我可不可以跟你要你的個人檔案？」她又問。

「啊？喔，好。」

「等你寫好後，可以拿到五班給我嗎？喔，對了！我叫劉嘉憫，嘉義的嘉，悲天憫人的憫。」

李孟奕點點頭。

「謝謝你。」劉嘉憫開心的笑起來，看起來不像外表給人的印象那麼文靜，應該是個活潑的女孩子。「那我先回去了喔，掰掰。」

她向前跑了幾步，停下來，轉身朝他用力的揮了揮手，才又邁開腳步往女生營區跑。

這……該不會就是被告白吧？

雖然感覺滿怪異，不過好像還有點開心呢！

李孟奕站在原地又呆立了一下，才往男生營區的方向走。

剛走出小徑，李孟奕就看到周曉霖的背影。他追上去，拍了拍她的肩。

「妳要去哪裡？」

「回營區。」

「妳也去伙食區還東西？」

「嗯。」周曉霖點點頭。

「好巧，我剛才也從那裡回來。」

周曉霖轉頭，臉上笑著，語氣雲淡風輕，「我去的時候，看到你跟一個女生往那個方向走。」

她轉頭指向小徑的方向。

「啊，妳看到了？」

周曉霖又點頭，說：「那女生是五班的，我知道！她長得滿好看的。」

「欸，我跟她沒怎樣喔！」李孟奕怕周曉霖誤會，急忙解釋，「我也是今天才認識她的，真的。」

「我又沒問你什麼，你這麼緊張做什麼？」

周曉霖越是表現得無所謂，李孟奕就越是擔心，有種作賊心虛的不安感。

「是真的！她真的只是把我叫到一旁去，說有事要問我。」

「喔，她問你什麼事？」

「問我能不能跟她做朋友。」

李孟奕一說完，就接收到周曉霖促狹的目光。

「做朋友啊……」周曉霖放慢語氣，一個字一個字緩慢的說。

糟了，好像越描越黑了啊！

「沒啦，就是問我能不能給她個人檔案。」

「哇，個人檔案啊……」她說話的速度更慢了。

李孟奕心裡暗暗喊糟，真想一口咬斷自己的舌頭，沒事這麼多嘴幹麼呀？

周曉霖看見他一臉沮喪的表情，反而笑了。

她拍拍李孟奕的肩膀，語氣開朗的說：「這是什麼表情啊，被人告白哪應該是這麼挫敗的樣子？該開心啊，有人欣賞你呢。」

李孟奕無力的抬頭看了她一眼，心裡想：可惜欣賞我的人不是妳啊！

返校的遊覽車上，李孟奕刻意跟同學換了座位，坐到周曉霖身旁去。

周曉霖本來在看窗外風景，見他坐過來，只轉頭看了他一眼，什麼話也沒說，又把目光移到窗外的風光去。

李孟奕坐了一會兒，發現她只一勁個兒的看著窗外，並不主動跟他說話，心裡掙扎了一下，才鼓起勇氣開口，「在看什麼？」

「沒什麼，就亂看。」她頭也不回的回答。

「有看到什麼有趣的嗎？」

他沒話找話說，周曉霖卻不回答，緩慢的回過頭盯著他看，慢慢的說：「想說什麼？講重點！」

她真了解他，知道他不是真的要問窗外的風光。面對這麼聰慧的女孩，李孟奕覺得自己真是無所遁形。

他頓了頓，說：「我跟五班那個女生，真的沒怎麼樣，妳不要誤會。」

周曉霖聞言，笑了起來，還是一副無所謂的姿態，「你這麼緊張幹麼？我沒誤會啊！而且就算你跟她做朋友，那也很好。」

「真的很好嗎？」

「嗯，真的。」

周曉霖認真的點頭。她那一派萬事不憂心的模樣，看在李孟奕眼裡，更覺難受。他明白她是真的沒對他動心，不然不會這麼一副事不關己的模樣。還好營火晚會裡，他沒真的跟她告白，不然現在大概沒辦法坐在這裡跟她說話了。

「妳沒誤會，那就好了。」最後，李孟奕只能幽幽的說。

遊覽車返回校門口時，已經接近中午。

兩人一下車就看到許維婷，她正跟自己同學興高采烈的不知道在討論些什麼，笑得很開心，一發現周曉霖，馬上跟同學交代了句，興沖沖的跑過來了。

「周曉霖，妳怎麼都沒晒黑啊？妳看看我，才兩天半，整個人就快變木炭了！」許維婷伸出自己的小麥色手臂，哀哀抱怨著。

周曉霖本來就皮膚白皙，是不容易晒黑的膚色，許維婷每次都很羨慕她，說她是天生麗質，這世界真是太不公平了……

「妳少在籃球場上跑來跑去，很快就會變白了。」李孟奕開口吐槽。

「那怎麼行，籃球是我的生命欸。」許維婷抗議，「喔，我知道了，你是擔心我球技比你精進，會害怕，所以想勸退我是吧？」

「嘖嘖，大言不慚啊！」李孟奕冷笑了一下，「都被我蓋了幾次火鍋還學不乖，信不信下次打球我就專門守妳，專蓋妳火鍋！」

「好啊，來啊來啊，我怕你喔？」許維婷雙手插腰，一副兇悍婆娘的味道。

「嘖嘖嘖，這麼恰，看還交不交得到男朋友。」

「交不到也不會要你負責的啦，你擔心什麼！」

◉其實最喜歡跟妳一起慢慢走著，好像只要這麼走下去，就能走到世界盡頭。

其實李孟奕還滿喜歡跟許維婷鬥嘴的，她的反應總能讓李孟奕在心裡嘖嘖稱奇。這女孩子太機靈了，跟她鬥嘴不一定能佔到上風，但總能讓不愉快的情緒消散不少。

兩個人正你來我往的拌著嘴時，劉嘉憫走過來向李孟奕打招呼。

於是他也停下跟許維婷幼稚的爭論，禮貌性的朝對方點頭微笑。

「記得我跟你要的東西喔。」臨走前，她叮嚀李孟奕。

「好。」

「謝謝你，再見。」劉嘉憫轉身，跟同學蹦蹦跳跳的走了。

直到她走遠，許維婷還目不轉睛的看著遠去的身影，好奇的湊過頭去問李孟奕，「她誰啊？不是你們班的吧。」

「五班的。」

李孟奕邊回答，邊偷偷觀察周曉霖的表情，發現她臉上依然掛著笑，完全不在乎的模樣，心裡更挫敗了。妳就不能表現出一點不開心的樣子，讓我知道自己在妳心裡多少也有點重量嗎？他在心底悲哀的想著。

「她跟你要什麼東西啊？」許維婷終於轉過頭來，盯著李孟奕看。

李孟奕一時回答不出來，那答案太容易引人誤會了，他還在心裡躊躇要不要說出來。

「個人檔案。」想不到周曉霖竟幫他回答了，「她要李孟奕的個人檔案。」

「哇！」

許維婷突然露出一副被雷打到的模樣，看得李孟奕忍不住要笑出來了。那是什麼表情啊！

「所以，她喜歡你？」許維婷又問。

「沒有吧。」李孟奕搖頭，「她只說想做朋友，然後問我能不能給她個人檔案。」

「那跟喜歡你有什麼差別？你會跟一個自己沒興趣的人要個人檔案嗎？」

「就真的沒有啊。」

李孟奕有點擔心的又偷偷瞄了周曉霖一眼，再用眼神警告許維婷不要再說下去了，周曉霖還在一旁呢。

許維婷不笨，馬上就明白他的顧忌，連忙乖乖閉嘴。

回到各班級後，導師提醒叮嚀幾句不要在外逗留，回家後好好休息，明天又要繼續在課業上努力等等老生常談之後，就宣布放學了。

李孟奕跟周曉霖、許維婷約好了吃過午餐再回家，所以沒有坐校車，直接走出校門，到學校附近一間新開的牛肉麵店報到。

想不到才一走進去，他就眼尖的看到劉嘉憫跟幾個同學也坐在裡面，當下他後悔得直想往回走。

但周曉霖已經進去了，他如果臨時說要換地方，大家一定會覺得他心裡有鬼，只好硬著頭皮也跟進去。

好在，他們的座位離劉嘉憫有一點距離，而劉嘉憫正忙著跟她同學講話，也沒看到他。

點了午餐後，他們三個人聊起來。周曉霖提到昨晚營火晚會上許維婷的表現，稱讚了好幾句，又提到她的身材好。

「哪有啦，我哪有那麼好！」

許維婷被誇讚得害羞起來，難得謙虛的說自己只是一般般，周曉霖才真的是麗質天生，還鼓勵她也可以嘗試打扮一下，一定會更迷人。

李孟奕在一旁聽不下去的接口說：「打扮是可以，但沒必要穿那麼短的熱褲出門吧？太招蜂引蝶了，萬一遇到變態怎麼辦？」

許維婷深深的看了他一眼，意有所指的問：「你擔心喔？」

「廢話。」

「欸，他擔心妳耶。」

許維婷刻意把頭湊到周曉霖耳邊，用他們三個人都聽得到的音量說著。

周曉霖笑著作勢打她一下，說：「少三八了，他是擔心我們兩個人啦。」

「他哪會擔心我，他恨不得我趕快滾離視線呢！他只想和妳兩個人獨處啊。」

許維婷意味深長的對周曉霖說。可惜這話只有她跟李孟奕聽得懂，當事人反把它當玩笑話，完全不以為意。

餐點送來時，周曉霖習慣性的先從自己點的餐裡挖一些食物分給李孟奕，李孟奕也挖幾口他的餐點給周曉霖。

這樣的動作極自然，心照不宣，他們已經很習慣這樣的吃飯模式。

突然間，許維婷羨慕起他們的相處來，可明明這麼契合的兩個人，卻為什麼還老是在原地踏步，不在一起呢？

「許維婷，妳要不要？」周曉霖挾起湯碗裡的牛肉塊問。

許維婷點的是酸辣湯餃。她瞧了一眼湯餃，說：「好啊，可是我這碗湯餃分量好多，妳要不要也幫我吃一點？」

「周曉霖不吃辣，」李孟奕接口，「尤其是那種黑胡椒的辣。」

「喔，那我吃了妳的牛肉，妳會不會吃不飽？」

「不會啦，」周曉霖搖頭，「反正這麼多我也吃不完。順便再給妳一點麵跟湯好了。」

「啊，這樣妳真的會吃不飽吧？」

「吃不飽，我會分水餃給她，」李孟奕拿了一個小碗，從周曉霖的碗裡分裝了些麵跟湯，還有兩塊牛肉。「妳的酸辣湯餃如果吃不完，我也會幫妳消滅它們的。」

許維婷真心的笑了起來。

跟他們兩個人在一起，感覺真好！有句成語是這麼說的：如沐春風。那就是在形容跟他們相處的感覺。

她想：希望他們三個人的友情可以長長久久，到七十歲的時候，還能像這樣相約出來吃飯，聊一些輕鬆的話題，回憶往昔的美好。

正當三人開始享用午餐時，劉嘉憫卻突然走過來，細細的嗓音，溫柔地叫著李孟奕的名字。

「好巧啊，你們也在這裡吃飯？」

李孟奕頓時尷尬起來，怎麼忘了她也在這裡吃飯！

「呃……嘿，是啊。」

劉嘉憫笑了笑，眼光停留在周曉霖臉上好幾秒，朝她點點頭，又看了許維婷一眼，然後說：「那你們慢慢吃，我們先走了，再見。」

「再、再見。」李孟奕朝她點了點頭。

劉嘉惆轉身走向餐廳門口，跟同學們嘻嘻哈哈的出去，走到戶外，又站在落地玻璃門前向李孟奕揮揮手。

確定她離開後，許維婷才開口，「很開朗的一個女生欸。」

「而且長得不錯。」周曉霖接口。

「哪會，妳比較漂亮。」許維婷看著她說。

「哪有？」周曉霖說著，又轉頭看向李孟奕，「你覺得怎樣？」

「什麼怎樣？」

「我看她挺喜歡你的啊。」

李孟奕的心臟突然「咚」的震了一下，接著不是很俐落的回答，「就、就只是當朋友啊……」

「我的意思是，除了當朋友，你跟她還有沒有可能會更進一步的發展？」

「不可能啦。」李孟奕想都沒想，急忙回答。

他真的好擔心讓周曉霖誤會。

「但她真的不錯。」周曉霖又強調，一副想當紅娘的模樣。

李孟奕氣餒的以手撐頭，求饒的說：「我們可不可以不要再討論這個話題了？可以吃完這頓飯再說嗎？」

全世界的人都可以誤解我，就只有妳不行！

隔幾天，李孟奕把寫好的個人檔案送到五班給劉嘉惆。他用最簡單的活頁紙，簡單的寫上自己的姓名、血型、生日跟興趣，至於電話跟地址那些比較私密的東西，他就直接略過了。

活頁紙折得四四方方的，他本來還想著要不要拿個信封來裝，又覺得這樣好像太慎重，容易引起其他人誤會，於是決定以最簡單的方式，將個人檔案寫好交給對方。

當他把個人檔案交給劉嘉惆時，五班有一半以上的同學全朝他們行注視禮，幾個頑皮的男生發出曖昧的怪叫聲，其中有兩個人還是常跟李孟奕在籃球場上玩三對三的球友，有一點交情。

李孟奕被他們的叫聲弄得有些尷尬，把東西交給劉嘉惆後，連再見也沒說，落荒而逃。

又隔了幾天，校園裡沸沸揚揚的傳出李孟奕在追劉嘉惆的消息。他剛開始不知道，倒是隔壁班的許維婷先聽到風聲。

「喂，你怎麼回事？不是喜歡周曉霖嗎？怎麼又去追劉嘉惘？」

許維婷是個急性子，一聽到消息，直接衝進李孟奕他們班上，不由分說拉著他往外走，走到少人的花圃間，劈頭就是一串追問。

李孟奕完全狀況外，吃驚的看著她，呆了幾秒才傻傻反問，「什麼啊？」

「你不知道嗎？現在幾乎全校的人都在傳，你在追五班的劉嘉惘。」

「哪有啊！」

李孟奕也顯得很驚訝，這到底從是哪裡傳開的不實消息？

「可是大家都說得繪聲繪影的。」許維婷又自動啟動「偵探系統」，摸著下巴沉吟著，半晌才問：「還是你對劉嘉惘做出過什麼曖昧的舉動？」

「沒有啦！我平常根本就跟她沒任何交集啊。」

「或是，你曾經有去他們班找過她？」

「呃，是有一次，就她向我要個人檔案，我把我寫好的拿去她班上——」

許維婷突然擊了一下掌心，嚇了李孟奕一大跳。

「那就對了，一定是他們班誤以為你拿情書給劉嘉惘！吼，這個女人也真是心機重，怎沒幫你解釋啊？居然讓大家亂傳成這樣！」

許維婷說著說著，忍不住激動起來，她捶了李孟奕的手臂一下，憤憤的說：「喂，這樣的女人，你還跟她交朋友啊？這麼小，心機就這麼重，長大一定是會搶人家男朋友的狠角色！嘖嘖嘖，真看不出來，本來還覺得她笑起來有一點點可愛的說！」

「妳幹麼這麼偏激啊，說不定事實不是妳想的那樣。」

李孟奕心無城府，相信劉嘉憫應該不是那種人，這中間說不定有什麼誤會。

「你幹麼幫她說話？」聽李孟奕這麼說，許維婷不爽的瞪著他，「難道你喜歡她？」

她話才說完，李孟奕的手就巴過去了，一掌拍在她的後腦勺上，說：「喜歡妳的大頭啦！我是這麼濫情的人嗎？每個女的只要對我表示好感，我就要去喜歡嗎？」

許維婷摀著頭，哀怨的對李孟奕抱怨，「早晚有一天，我會被你打成智障，到時你一定要對我負責，哼！」

「好啊！到時我找一間好一點的療養院送妳去住，醫藥費我來付，怎樣？這樣對妳夠好了吧？」

「全世界就你對我最壞，哼哼！」

李孟奕只是笑，但他的心裡也有股隱隱的不安。雖然只是一場未經證實的流言，但他從來沒想過有一天，自己竟然會成為大家茶餘飯後的談論對象！

就在許維婷跑來質問的隔天，周曉霖也聽到傳聞了。

不過周曉霖跟許維婷的反應迥異，她聽到傳聞後，並沒直接來問李孟奕，只在放學回家的途中，淡淡的開口說：「你很困擾吧？」

「什麼？」

李孟奕不知道她為什麼突然這麼問，一臉狐疑的看她。

「我聽到大家在傳，說你在追五班的那個女生。」

「那是假的。」

李孟奕的心臟快沒力了，拜託拜託，周曉霖妳千萬不要把那件事當真啊！

「我知道啊。」周曉霖點點頭，體貼的說：「所以，你一定很困擾吧？」

「妳真的知道我是被冤枉的？」李孟奕喜出望外，想不到周曉霖的眼睛是雪亮的，腦袋是清楚的。

「我只知道是她先來找你講話，你才答應跟她做朋友。」

「對嘛對嘛！」李孟奕拚命點頭，「事實就是這樣。」

「但為什麼會傳出不一樣的版本呢？」周曉霖偏著頭想。

「我也不知道，不過這不是重點，重點是妳相信我是清白的，那就好了。」

「只有我相信也不夠啊！你不知道學校裡傳得多誇張，我想導師應該很快就會聽到，遲早會把找你去問話。」

李孟奕才不管導師會不會找他去問話呢，在他心裡，只要周曉霖是相信他的，那就好了。

就算全世界都與他為敵，只要周曉霖還願意站在他身邊，他就死而無憾。

隔沒幾天，導師果然找他去問話，不過並不是太嚴厲的詢問，只是問他傳言的真實性。

李孟奕老實交代了全部的經過。

導師點點頭，完全相信他的說法，也沒多所責難，只勉勵他要好好念書，等上大學後，可以遇到的對象更多更好，一定可以找到更適合的女生。

李孟奕心裡是懂得的，只是他也明白，除非對方是周曉霖，否則其他女生再多再好，也不是他想要的那個人。

回到教室時已經是上課時間，周曉霖關心的傳紙條來，問他有沒有被罵。

沒有，老師叫我要好好念書，說交女朋友的事等上大學後再說。李孟奕在紙條上寫著。

看完他的紙條後，周曉霖趁老師在黑板上寫字時，迅速的轉頭朝他笑了一笑。那一笑，讓李孟奕心跳的頻率又掉了一拍。

這個周曉霖，到底要到什麼時候，才能看見他對她的感情呢？平常明明是那麼機靈的一個人，怎麼一碰到感情，就顯得特別遲鈍啊？

李孟奕雖然也無奈，卻不敢太躁進，就怕嚇跑了她。

也許就像許維婷說的，要等她開竅吧！聽說在功課上越厲害的人，在感情那一塊，會開竅得比較晚。世界是公平的，每個人總有某些地方不足，不可能有人事事完美。

不過沒關係，他會等她，等到她終於開竅的那天到來。

然而，這個世界上很多事物的存在，不過都是一場偶然。

世界上有很多事情都是這樣的，大張旗鼓的開始，黯淡無聲的結束。

李孟奕生平的第一場被告白，就是以這樣的方式，默默的走到完結篇。

他不知道五班的導師是不是給劉嘉憫什麼壓力？五班的男生在籃球場上也不曾跟李孟奕提過她的事，而李孟奕也不是那種愛嚼舌根、追根究底的人，所以這場曾經被傳得滿城風雨的校園愛情，最後無聲的在他們青春的歲月裡凋零了。

時間過得很快，升上了三年級，課業更重了。

李孟奕跟周曉霖私下討論過幾次，都決定要報考第三類組。

周曉霖沒說她考第三類組的原因，不過李孟奕猜想，也許跟她媽媽有一點點關係。聽說周媽媽車禍走了之後，她外婆一時之間受不了打擊，聽聞消息時，當場休克暈倒，再醒過來時，竟然腦栓塞，半身不遂……所以周曉霖總想，如果在外婆昏倒的當下，家人懂得做些急救措施，也許外婆的中風不會那麼嚴重。

而李孟奕報考的原因非常的簡單，只是因為周曉霖。

高三這一年，日子過得異常的快，也許是因為要參加大考，總覺得怎麼念書，時間都不夠。要背的東西太多，要熟記的公式太雜太亂，一天二十四小時根本不夠用。

接近聖誕節的時候，李孟奕去街上挑聖誕節禮物，要送給周曉霖跟許維婷。

他幫許維婷買了頂漂亮的毛帽，因為她愛漂亮，總是會拿雜誌上戴著毛帽、穿著及膝大衣跟長馬靴的模特兒圖片給他看，說模特兒就是因為頭上戴了頂這麼好看的毛帽，才能襯托出她們的氣質非凡。

而他則幫周曉霖選了條圍巾跟手套，因為她怕冷。

買好聖誕節禮物後，他拎著兩袋包裝精美的禮物要回家，在回家的途中，遇到了好一陣子失去音訊的楊允程。

楊允程變了，不再是他印象裡那個老同學。他嘴裡叼著一根菸，衣服穿得流裡流氣的，頭髮留長了，還穿了耳洞，左邊耳朵上戴著一排亮晶晶的水鑽耳環，正跟身旁幾個男男女女嘻笑玩鬧……他變成李孟奕不熟悉的陌生人。

一開始，楊允程並沒有發現他。當他們走近李孟奕的時候，李孟奕吃驚的停住腳，站在原地盯著他看，而楊允程正跟身旁的朋友大聲喧嘩聊天，是他身旁的一個女生發現李孟奕的目光後，推推楊允程，楊允程回過頭來才發現李孟奕站在那裡。

楊允程也有些驚訝，傻了幾秒鐘，轉頭不知道跟那群朋友們說了什麼，點頭揮別後，朝李孟奕走來。

「嘿！好久不見。」

站在李孟奕面前，楊允程有些尷尬，他搔搔自己的後腦勺，笑得有點靦腆。這一刻，他彷彿又恢復成李孟奕熟悉的楊允程了。

「你……變了好多。」

李孟奕看著他，不能想像這個人竟是國中時自己最要好的死黨。他們曾經說過要兄弟相挺一輩子的，可是現在看來，對方的世界已經不再是自己能夠涉足的地方了。

「嗯，是啊。」楊允程咧嘴笑了笑，還是很尷尬的神情，有點不好意思的說：「我變得連我自己都覺得很糟糕，還好，你還是一樣，沒什麼變。」

「你還好嗎？」

楊允程點點頭，又搖搖頭，捻熄了手上的香菸，滄桑的笑著，「沒什麼好不好，反正就是過日子嘛。眼睛一睜開，就是新的一天，一天過完，晚上累了閉眼就睡，每天都這樣循環，我也不去想太多了。遇到不錯的女生就追追看，追上了就交往，合不來就分手，好聚好散嘛！交往前我都是這樣跟那些女孩子們說，她們同意，我們才交往，分開時就爽快點，不要拖拖拉拉、哭哭啼啼的，愛情就是舊的不去，新的不來。」

李孟奕聽出他語氣裡的絕望，原來他那段初戀，真的傷他那麼深！

「你剛跟她分手時，我找過你。」

「我知道，我家的人有跟我說。」楊允程看著他，「我不是故意躲你，也知道你不是打電話來跟我討錢，但那段日子，真是我最沒有希望的日子，我沒有勇氣去面對任何人，只好自己躲起來，反正時間會治療一切嘛！書裡面不是都這樣說的嗎？那我就安靜的等，等自己好一點，不再那麼痛，再出來。」

可是李孟奕知道，他其實根本沒有好一點，他還是當時那個滿身是傷的楊允程。

他覺得好愧疚，在兄弟受傷得那麼嚴重的時候，自己居然沒有固執的去把他找出來，沒有任性的陪他痛哭……他以為他一定會好好的。

「對不起。」李孟奕的心裡有點酸酸的，那股酸意從心底冒了上來，沖進他的眼睛跟鼻頭裡。

「幹麼跟我道歉？」楊允程不明所以。

「我沒有在你最需要的時候陪著你。」

楊允程頓時沉默了，他看著李孟奕，良久，才慢慢的伸出手，拍拍他的肩，微笑的臉龐上掛著濃濃的悲哀，「欸，兄弟，你聽著！我呢，已經把自己的人生走壞了，你千萬不要像我一樣。你有大好前程，以後可以交很棒的女朋友，娶很漂亮的老婆，生一堆聰明又可愛的孩子，所以你的人生千萬不要走偏了。我大概已經沒救，交了一些壞朋友，混進幫派裡，想脫身也不是那麼容易，之後我的希望就由你來幫我實現，至於我欠你的那些錢，我說過我會還就一定會還。你知道的，兄弟我不是會食言的人，對吧？」

「楊允程……」李孟奕突然好想哭，為什麼他會變成這樣？

「不要想太多，你要好好加油，考間好學校，展開你的新人生，連同我的份，一起精彩的過下去。如果可以脫離這些壞朋友，我也會努力脫離的，這就算是我答應你的事，好嗎？」

李孟奕點點頭，用力的握住楊允程的手。為什麼、為什麼他說的話，聽起來像訣別？李孟奕不喜歡這樣的感覺。

「你別為我擔心，只要好好的念好你的書，那就是你送給兄弟我最好的禮物了。」

李孟奕突然用力的抱住楊允程，就像電影裡，即將離別的朋友一般。他的心裡百感交集，這個曾經推心置腹的死黨，如今跟他已經是兩個世界的人了。

「欸，你不要這麼噁心好不好？不知道的人還以為我們兩個是同性戀呢！」

楊允程嘴裡這麼說，卻一點也沒有要推開對方的意思。

「下次見面不知道是什麼時候了，你就安靜的讓我抱一下嘛！」

「你不知道我這胸口多值錢嗎？多少女人想過來靠一下都靠不過來呢，你居然就這麼抱得緊緊的，傳出去，我還要不要做人啊？」

「我的擁抱也很值錢啊，這是我的處男之抱欸，你別不識貨。」

「喔，所以今天是我們兩個人都賺到的意思嗎？」

楊允程講完這話，兩個人同時都笑出聲來。曾經的友好好像又回來了，李孟奕想，這就是真正的好朋友，因為好朋友是不會因時間與空間的隔閡，而產生心靈上的距離的。

分離得再久，總能因為一些話題，而找回當初的熟稔。

離別的時候，楊允程把自己的新手機號碼寫下來，交給李孟奕。

「有事情就打這支電話給我，只要你找我，不管多忙，我一定會見你。」楊允程說完，又拍拍他的肩膀，還是當初那個充滿義氣與熱情的笑容，「還有，感情真是要即時把握。周曉霖是個好女孩，足夠配得上你，我知道你其實也很喜歡她。雖然你沒講，但我當你兄弟多久了，這麼一點小事，瞞不過我的眼睛。所以，如果你不想失去她，一定要找機會跟她告白，不要等到像我這樣，失去了才知道要後悔！如果你沒有勇氣跟周曉霖說，我可以幫你去告訴她，不過這種事，通常是要當事人說才有誠意，對吧？當然，如果你真的缺人加油打氣，我很願意當那個在你身後搖旗吶喊的人啦。」

李孟奕很感動。

他覺得，這應該是他這一輩子裡，得到的最棒的聖誕節禮物了。

儘管物換星移，但總有些事情，是永遠不會改變的。

慘淡的高中生活，終於在他們孜孜矻矻、焚膏繼晷的努力下，光榮結束了。

李孟奕順利的考上台北的某間醫學院。

周曉霖卻因為考前半個多月，父親在工廠上班時，一時沒留心，摔裂了腳踝骨，打石膏住院好幾天，逼得她天天醫院、學校、家裡三個地方跑來跑去，荒廢了大半個月時間，也沒什麼心情念書，考試時搞砸了生物分數，念不成醫學系。不過幸好，她還是順利的考上了一間國立大學，沒跟李孟奕距離得太遠。

而許維婷也不差，她的學校在新竹，離台北並不遠，要見面不會太困難。

大學，是一個新奇的花花世界。跟高中及國中最不一樣的是，大學的校風很自由，沒有老師日日拿著棍子逼你念書……說句難聽的，「愛讀不讀，你家的事」，至於愛當不當，就是老師們的事了。

李孟奕三天兩頭的打電話去周曉霖的宿舍找她，不過女生宿舍的電話很不好打，常常都是佔線的狀態，有時好不容易撥通了，周曉霖的室友卻說她不在。

他為此常覺得很挫敗，為了能讓周曉霖時時刻刻可以找到自己，所以他去辦了個手機門號，也把號碼告訴周曉霖了，但她卻從來沒主動打電話給他。

偏偏，她又覺得自己沒有辦手機的必要。她說：「反正你如果有事，沒找到我，那就留話啊，我若回來看到，覺得有必要的話，就會回電話給你。」

但是不管他留什麼話，她大概都覺得沒必要回，所以連一通回電都沒給他打過。

相較於周曉霖的難找人，許維婷就顯得可愛多了！

不管李孟奕什麼時間打電話過去，她好像永遠都在，而且她們學校的女生宿舍電話異常好打。

「有沒有這麼沒身價啊？妳才大一欸，怎麼都沒人約妳出去啊？每次打電話給妳，妳都在！」李孟奕忍不住取笑她。

「哪裡沒人約？約我的人可一堆了呢！都可以從我們宿舍排到校門口了說！可惜姑娘我啊，每天忙著練功打怪解副本，睡覺的時間都不夠了，哪裡還有什麼時間跟他們出去喝咖啡聊是非呢！」

許維婷邊說，話筒那頭還邊傳來她敲打鍵盤的聲音。

這女人這陣子迷線上遊戲迷得很瘋，聽說已經到了廢寢忘食的境界，有次她還告訴他，「李孟奕，我跟你說，我們這十八年來真是白活了，你不知道網路世界有多精彩，各式各樣的人都有，遊戲裡那刀光劍影多刺激，在現實世界裡你不敢做的事，在遊戲裡都能得到某種程度裡的滿足；而且有很多事，你不方便跟自己的朋友們說，在線上，卻可以真誠無偽的跟那些遊戲裡的朋友們傾吐，因為你們只是網路上的朋友，你們認識的，只有彼此的ID，下了線，就是互不相識的人了，所以不用擔心被出賣、被背叛。在遊戲裡，就算不付出真心，也沒人會知道！」

李孟奕對許維婷的觀點，不置可否。

上了大學後，他也玩線上遊戲，但那只是無聊時打發時間用的。他從不在線上跟人過分交心，也不入迷。

因為他的心，已經在現實世界中交給某個人了。

只是她從來不知道，而他，卻還在等她開竅。

跟李孟奕同宿舍的室友裡，有個叫胡禹承的傢伙，跟他特別聊得來。

有一次，他還被胡禹承拉去參加聯誼。聯誼的對象是他從小一起長大，名叫孫洛英的女孩子，當然，還有她的同學們。

聯誼時，李孟奕載的人剛好就是孫洛英，基於室友的青梅竹馬這層關係，他好歹也得表示一下善意，所以很盡責的找話題跟她閒聊。哪知，他們聊得越開心，胡禹承的臉就越臭。

後來去唱ＫＴＶ時，向來在他面前溫文儒雅的胡禹承，居然跟孫洛英差點吵起來。

幸好他們沒打起來，不然他也不知道該怎麼處理這麼棘手的事！

那是李孟奕第一次看到足以跟恰北北許維婷旗鼓相當的女孩子。他有時會想，要不乾脆就介紹許維婷跟孫洛英認識一下，說不定她們兩個一拍即合。

之後，因為孫洛英被雜誌社相中當模特兒，他跟胡禹承還陪她去雜誌社拍照。胡禹承為此不高興了好些天，最後拗不過對方的請求，拉了李孟奕陪他一起去。

「就是不放心她嘛！她那麼笨，說不定被騙了，還跟人家說謝謝呢。」胡禹承擔憂的心緒無所遁形。

胡禹承曾經問過他，知不知道喜歡一個人的感覺？李孟奕點頭，說：「很酸很澀很痛苦，可是又不想放棄這種又酸又澀又痛苦的感覺。」

於是胡禹承知道了周曉霖的存在。

李孟奕也觀察出胡禹承對孫洛英的感情，他懂那種無能為力的傷心，那種想跨出那一步，卻又害怕破壞彼此平衡點的掙扎。

他懂得的！因為，他也正在經歷著。

有次胡禹承好像又跟孫洛英鬧彆扭，連著一個禮拜都半死不活的宅在房裡。李孟奕看不下去，剛好隔壁寢約他們去打保齡球，大家興沖沖的準備出門，胡禹承卻顯得意興闌珊。

「打保齡球耶！又不去？」李孟奕抓起胡禹承的車鑰匙，丟到床上，「去啦，湊人數也好啊！」

坐在床上翻書的胡禹承興致缺缺瞥了鑰匙一眼，還是提不起勁，「不要。」

「是怎樣啦？失戀了喔？」

那句話害對方失手摔了書本。

「哪有！我只是……」

「只是什麼？」

胡禹承話講到一半又不講了，嘆口氣，重新拿起書本，「只是很想去撞牆。」

李孟奕見他不願意坦誠，也不強人所難，把床上的車鑰匙撿起來，遞向他，「不管你在鬱卒什麼，我告訴你，女生就是要靠女生去忘記！去認識新的女孩子，談一場新的戀愛，這是最直接又有用的方法。」

對著鑰匙串考慮半天，胡禹承將它收下，順便把書翻回剛剛讀過的地方。

「下次吧！今天真的沒心情。」

李孟奕拿他沒轍，只好說：「你自己說的喔！下次再落跑，咱們兄弟也不用當了，我立馬跟你切八斷。」

「你真幼稚！」胡禹承被他的話逗出一絲笑容。

「男人不過是長大一點的大男孩，幼稚的天性是與生俱來的，你也比我好不到哪裡去，不用笑我！」李孟奕扯開笑臉安慰他，「如果真有什麼心事就說出來，憋在心裡不會比較好。雖然我可能幫不上忙，不過陪你喝幾杯或是唱一整晚的傷心情歌，我倒是做得到。」

「講得好像你很懂一樣！那你說說，那個讓你暗戀多年的青梅竹馬，你打算什麼時候跟她告白？」

「就說了她是我的國中同學，不是什麼青梅竹馬啦！」李孟奕強調著，頓了頓，才又洩氣的說：「她要不是那麼難搞，我哪會拖這麼久還不告白？唉，你不知道我有多想牽她的手，多想讓她的世界裡只有我一個男生，多想大聲的告訴那些我認識或不認識的人，她是專屬於我的。可是，偏偏她就是那麼難搞，什麼龜毛的堅持一大堆，真是……去他媽的矜持啦！」

胡禹承再次被李孟奕那一臉挫敗又憤憤不平的樣子給逗笑。

「不是說女生就要靠女生來忘記？那你要不要先去試試認識其他女生，說不定就可以忘記你那個國中同學啦！」

「才不要！愛情哪能將就？我就是喜歡她，別的女生我不要，只要不是她，我就是不要！」李孟奕認真的表情裡，有篤定的神采。

「那還說得一副你很懂的樣子想勸我！我看，一點參考價值都沒有！」胡禹承繼續澆冷水。

「才不！唉，你不懂啦，算了算了。本來心情好好的，被你這一攪和，都變不好了。你確定你不出門？」

見胡禹承肯定的點頭，李孟奕只好準備出門。「那我跟他們去打保齡球了喔！順便把被你惹毛的壞心情也跟著球一起丟出去。」

「去吧去吧！」胡禹承也不挽留，揮揮手。

李孟奕在門口穿好鞋，突然又轉頭過來拋下一句，「我覺得，她有她的堅持，我也有我的等待，只要她不說討厭我，我就會一直等到她點頭。」

只要妳不說妳討厭我，我就一直等到妳點頭。

偶爾我會想，我們來到這個世界的真正意義是什麼？

有些人可能是為了改變世界而來，他們會發明、會創造，會帶給人類新的生活與便利。

有些人可能是為了幫人找回愛而來，他們會傳道、會解惑、會用愛擁抱每一個需要被擁抱的人們，讓他們感覺不孤單。

而我，可能是為了遇見你而來。

因為遇見你，我看見最美好的自己，明白自己的可能性，與對愛情超乎想像的堅持。

那全是，因為你。

幸福，因你而存在

許維婷北上找他們吃飯的那天，李孟奕終於看見好久不見的周曉霖。一段時間不見，周曉霖的頭髮長長了，身型更消瘦了，整個下巴都變尖了，把她臉上那雙黑黝黝的聰慧雙眼，襯托得更大、更水靈了，亭亭玉立已經完全脫離了稚氣，是個會讓人眼睛一亮的女孩。

李孟奕臉上掛著笑，安靜的看著她。

「欸，收起你的變態表情，不要嚇壞了周曉霖。」冷不防的，殺風景的許維婷突然湊過來，附在李孟奕耳邊警告。

他慌忙別開眼，低頭滑著自己的手機，假裝有人傳訊息給他，正忙著發訊息回去。

許維婷興奮的拉著周曉霖問東問西，一下子問她們系上有沒有帥哥，一下子又問她到底參加校外聯誼沒？

周曉霖耐心的一一回答她。

「可能有帥哥吧，但我忙著打工，也沒留意。根本沒時間去參加校外聯誼，不過前兩天，同寢的室友問我願不願意去她辦的聯誼湊個人數，她一直拜託，平日又常幫我的忙，欠了不少人情債，所以就答應去了……」

李孟奕本來坐在一旁吃義大利麵，正用叉子把直麵捲成一團，才要放進嘴裡，聽見周曉霖這麼說，手一抖，叉子上的麵團就直直掉回盤子裡，濺起些許盤中的義大利麵醬，有幾滴醬汁還噴到許維婷的手上，幸好沒沾到衣服。

「李孟奕，你搞什麼鬼啊？」

許維婷皺著眉，連忙接過周曉霖遞給她的面紙，擦手上的義大利麵醬，還不忘瞪他幾眼。

「對不起、對不起，不是故意的嘛。」李孟奕臉上堆滿討好的笑。

「還好沒噴到衣服，如果沾到，你就慘了！」許維婷警告他，「知道我身上這件衣服有多珍貴嗎？」

李孟奕仔細看了一眼。依他看過、穿過那麼多年各式各樣的名牌衣服的眼光來說，實在看不出來她身上穿的T恤有多昂貴，不過就是一件再普通不過的白T恤，上面畫了幾個塗滿紅顏色的大大小小愛心……他沒在任何一本流行雜誌，或是任何一家品牌服飾店裡，看過這樣的衣服。

「有多珍貴？」李孟奕忍不住好奇的問。

「珍貴到會讓你嘖嘖稱奇的地步，你——」

等不及聽完，他一隻手已經忍不住伸過去，「啪」的一聲，手掌直接拍上許維婷的後腦勺，催促她，「廢話少說，講快點！」

「好啦！」許維婷皺眉，一手摀著剛被打過的地方，說：「是我媽去菜市場買衣服時，一元加購的啦！」說完，她的臉上綻出笑容，得意洋洋的問：「怎麼樣，是不是很珍貴？你們有穿過一元的衣服嗎？有嗎？有嗎？有嗎？」

李孟奕簡直要翻白眼……

只有周曉霖最配合，竟然也跟著睜大眼，一臉開心的說：「哇！才一元喔？真的好便宜，而且，」她用手摸摸許維婷身上的衣料，「質感還不錯欸。」

「對啊，」許維婷興奮的點頭，「純棉的。」

李孟奕真的要昏倒了。

但許維婷向來很會轉移話題，也很會拉回話題，這一直都是她的強項，下一秒，她又把聯誼話題重新接回來。

「所以，妳真的要去聯誼？」她一邊問，一邊偷偷瞟了瞟李孟奕，對上他的眼睛時，嘴角露出挑釁的笑意。

周曉霖點頭，「對啊，都答應我同學了。」

「那妳去的時候要多留意一下，看有沒有不錯的對象。我們都大學了，也到了該交男朋友的年紀了。」

許維婷說完，又瞄了李孟奕一眼，嘴邊再次流露出刻意、頑皮的笑容——她是故意的！

李孟奕爆出兇狠眼光，掄起拳頭，趁周曉霖沒留意時，偷偷的在空氣中揮了揮，用無聲的嘴型說：妳死定了。許維婷看了，得意的朝他擠眉弄眼，笑得更開心。

「我還沒想那麼多，交男朋友的事以後再說吧！現在我只想著努力兼家教賺自己的生活費，如果能多存一點錢，就寄回家給我爸用。他年紀大了，也不能常常加班了，萬一身體搞壞了，我……要怎麼辦？」

周曉霖突然悲從中來，眼眶微微的紅了，許維婷不敢再胡鬧，整一整臉色，拍拍她的肩，安慰的說：「沒事幹麼說這些感傷的話？真討厭，害我都開始想家了！下星期妳要不要回家？我們一起回去吧。」

周曉霖吸吸鼻子，笑了笑說：「好啊。」

「我也一起回去。」李孟奕舉起手毛遂自薦。

許維婷睨了他一眼，語氣冷淡。「又沒人問你。」

他又一巴掌呼過去，教訓的語氣裡並沒有很濃的責備，半開玩笑的調調，「好啊妳個許維婷，長大了是吧？翅膀硬了是吧？會頂嘴了是吧？沒大沒小欸妳！對哥哥是這樣講話的？也不看看當初是誰幫妳說話，才能跟我們在籃球場上廝殺！要不是哥哥我處處幫妳擋敵人，妳能切入籃下進球？妳個臭丫頭，現在打算恩將仇報了是不是？一直吐我槽是怎樣！」

「可是你也蓋過我好幾次火鍋！」許維婷嘟著嘴，委屈的說。

「讓妳精益求精還不好？就是怕妳太志得意滿會驕傲，才故意蓋妳火鍋。沒聽過，驕兵必敗嗎？我這是用心良苦，妳別不知感恩。」

許維婷盯著他看了一會兒，眼睛炯炯發亮。

「喂，李孟奕，你有參加話劇社或小說創作社嗎？」

李孟奕不知道她為什麼這麼問，一臉困惑的回答：「沒啊，幹麼？」

「你是個奇才，挺會掰的嘛！不去話劇社寫劇本，或是去創作社團寫小說，實在是很可惜。」

「妳才是。」李孟奕反應也快，他說：「妳沒事去念什麼國際貿易，依妳的伶牙利齒、尖酸刻薄，沒去讀法律系當律師，真是浪費人才。」

「我哪有尖酸刻薄？」許維婷不服的跳起來。

「喔，對了，其實妳的人生還有轉機。」

「什麼？」

「現在轉法律系可能來不及了，而且依妳的智商，也太強人所難，我怕妳就算念十年也畢不了業！不過妳可以考慮日後從政。政治人物跟律師其實有異曲同工之妙，而且最重要的是，妳還具備了政客必備的『奸巧』。」

許維婷用足以將人反覆殺死二十次以上的眼神，努力的剉殺李孟奕，可惜他不痛不癢，只是笑個不停。

許維婷放棄了！跟李孟奕鬥根本就是找死。他那個人腦筋轉太快、嘴巴又太壞，常常刀刀致命得把話講得讓你痛徹心肺，卻又無力反擊，標準的冷面殺手一個！

妳問我，最幸福的事是什麼？我想了很久，講了一堆言不及義的答案，但最重要的那個我沒說，那就是……我遇見了妳。

下一個禮拜，星期五的下午，李孟奕騎車到周曉霖學校，載她一起去火車站，準備搭車南下。

他們已經事先跟許維婷講好火車車次，許維婷說會在新竹上車。

但那是許維婷的說法。

李孟奕知道她必定食言。因為前兩天她突然打電話給他，說臨時有事，沒辦法回家。

李孟奕本來要發火，然而許維婷見苗頭不對，馬上接著說：「你先不要跟周曉霖說，這樣她才不會取消回家的計畫。你想，沒有我這顆電燈泡不是正好？剛好幫你們兩個製造機會啊。」

他一聽，想想也有道理，平常他要約周曉霖都約不到人，她每天都有好多事要忙，打電話也找不到她，難得有可以獨處的機會，如果放棄了，那就是他笨、他傻、他白癡，連自己都會看不起自己。

所以他不發火了，還反過來稱讚許維婷，說她平常像生了一層鐵鏽的腦袋，這會兒怎麼倒靈光、不腦殘了？甚至還誇了她幾句。

許維婷傻傻的笑，笑了一陣又說：「你們搭車那天，我等火車開了之後，算準時間再打你手機，告訴你我臨時有事不回去。周曉霖要是不信，你就把電話交給她，讓我跟她說，這樣她就沒有反悔的機會了。你們兩個人甜甜蜜蜜的回家去，再恩恩愛愛的坐車回台北來！怎麼樣，我這麼做夠不夠意思？」

「夠夠夠，認識妳這麼多年來，就這次最夠意思。」

「你不用太感謝我，下次再請我吃飯就好。」

「想得美啊妳！為了討好妳，我都花多少錢在妳身上了，還敢跟我討大餐。」

「我那個是被『順便』的好嘛！你每次都是為了要送東西給周曉霖，怕被她拒絕，才順便送我一份，你以為我不知道嗎？」

「就算是這樣，還是拿了我不少好處啊！」

「好啦好啦，真愛計較耶你！就只對周曉霖大方，對我就小氣巴拉的，哼！」

「沒辦法，她在我的心上，妳呢，最多只能算塞在我的眼裡而已吧！」

「沒記在腦裡？」許維婷忍不住又哈啦起來。

「記在腦裡幹麼？妳算哪根蔥、哪根蒜？我的心裡跟腦裡，就只有周曉霖，沒有妳佇足的餘地啦。」

許維婷在電話另一端發出嘔吐的聲音，「我快吐了，你那些話害我午餐吃下去的食物都在胃裡翻滾，再不掛電話就真的要吐了——」

說完，她完全不給李孟奕任何講話的機會，「喀」的一聲掛掉電話。

「真沒禮貌！」李孟奕拿著話筒笑了笑，心情很愉快。

果然，火車從台北發車後，過了大約五分鐘，許維婷的名字就在李孟奕的手機螢幕上閃爍。

李孟奕跟周曉霖說了句「是許維婷」後，裝模作樣的接起手機。

他假裝有點惋惜的樣子跟許維婷說了幾句話，又問周曉霖，「許維婷說她這星期臨時有事不能回家，妳要不要跟她聊一下？」

接過手機，周曉霖跟許維婷談了起來，只聽見她忙不迭用安慰語氣說著，「沒關係啦，真的，這種事也很難推掉啊……不會，我不會生氣啦，妳也不是故意的啊，對不對……好好好，下次再一起回去……嗯嗯，那妳先去忙，自己一個人要注意安全喔，有什麼事可以打電話去我家給我，我這兩天應該都會在家。好好好，再見，掰。」

許維婷真會假裝！她確實有當政客的潛力，除了能言善道，還很會演！李孟奕在心裡暗暗的想著。

一路上，他都期待周曉霖可以打瞌睡。

因為不管是電影或是電視裡，總是這麼演著的：男孩跟喜歡的女孩一起坐車（或者看電影），女孩總會不小心睡著，然後睡著睡著，身體一歪，頭就自然而然的靠在男孩肩上……

可是，偏偏周曉霖的精神好的不得了，她拿了本書，聚精會神的看著。

李孟奕只好無聊的望著窗外。

車子走走停停，到達台中站時，一批旅客下車，又上來另一批旅客。

李孟奕並沒有在意，周曉霖也只把目光放在書上，沒有留意來去的乘客，直到有人扯著細細的嗓音，叫喚了她的名字。

周曉霖跟李孟奕同時順著聲音轉頭，看見站在座位旁的女生。李孟奕覺得她有點面熟，卻一時之間想不起名字來。

「張晴柔，妳怎麼會在這裡？」

周曉霖先是驚訝睜大眼，繼而開心的笑起來，她拉著對方的手，一副喜出望外的樣子。

啊，張晴柔，好熟的名字！李孟奕在腦裡不斷搜尋，過了一會兒，終於想起她是誰了，是楊允程的前女友嘛！

趁著周曉霖跟張晴柔正吱吱喳喳聊天的時候，李孟奕仔細觀察了一下。張晴柔變了，雖然不是多大的改變，不過她彷彿變得有自信，也快樂多了……她看起來還是學生的樣子，雖然穿著緊身上衣跟短裙，不過綁著馬尾、脂粉未施的她，身上仍有掩飾不住的青澀。

兩個女孩子熱絡的聊了一陣，本來李孟奕看她背著大背包，還想要起身讓位給她，但張晴柔說不用，她說她的座位在隔壁車廂，只是剛才上車時走錯車廂，不過還好她走錯，要不然也不會遇到周曉霖。

張晴柔說她現在在台中的一間私立大學念書，幾乎每個星期都會回家，跟周曉霖聊到家教打工時，臉上露出羨慕的表情，說自己也很想去兼家教，總覺得當家教比去速食店或加油站打工，來得有尊嚴多了。

「至少不用看客人的臉色，而且有些家長對家教老師超好的！」不過張晴柔說，她目前還找不到家教的工作。學校有個快畢業的學姊說，再過一陣子會把張晴柔介紹給她的學生家長，讓她接學姊的家教缺。

兩個女生又聊了一下，張晴柔離去前，問李孟奕，「楊允程他……還好嗎？」

「我其實也不知道他的情況，我跟他沒什麼聯絡的機會。」

張晴柔點點頭，微笑的臉龐看不出來她對那段感情到底有沒有一絲絲的眷戀。那個曾經傷她那麼深的男人，失去她的愛的同時，或許連她的恨也得不到，因為恨跟愛是背對背相牽連的。她不再愛他，也就不會恨他，也許對她而言，楊允程擁有的，就僅僅只是一個「前男友」的代名詞吧！

「如果有一天，你遇到他，請告訴他，我過得很好，真的很好，請他不用擔心我，也請他……好好的活著吧。」

張晴柔用她輕柔的嗓音，說著堅韌的話語，她似乎已經不再是那個遇到事情時，只會害怕發抖、不斷哭泣的女孩了！

所有的堅強與微笑，不過只是場偽裝，因為我的倔強不允許我在你面前崩潰。

醫學院的課業，老實說並不輕鬆。

李孟奕雖然不是書呆子，沒辦法一天到晚窩在宿舍抱著書背英文專有名詞，但也沒有放縱自己到讓課業落後或報告交不出來的地步。

他還是會跟幾個志同道合的同學去籃球場上，為了搶一顆籃球而揮汗奔馳；還是會每隔幾天就打電話給周曉霖，雖然周曉霖仍是忙得總找不到人，也不會回電話；還是會在許維婷北上拜訪他們時，跟周曉霖一起去火車站恭候她的大駕光臨。

對他而言，日子很平凡、很簡單，卻隱隱有些焦躁不安。

尤其當他想找周曉霖聊聊天，卻無法找到她人時，這樣的焦躁、這樣的不安，便會更加劇烈。

升上大二後，李孟奕的課業變得更重了。

周曉霖彷彿也更忙了。

不過暑假的時候，李孟奕跟許維婷兩人，在周曉霖生日那天，合送給她一支手機，然後又帶周曉霖去電信公司辦門號。

李孟奕不敢說這是他的主意，他怕周曉霖會生氣，所以事先跟許維婷套好招，讓許維婷負責說服周曉霖接受合送的手機、申辦手機門號。

「有支手機，我要找妳也比較方便嘛！妳看，有哪個大學生像妳這樣，居然到現在還沒有手機？而且有手機多便利，妳爸也能隨時找得到妳。」

周曉霖被說服了，感動的收下那支手機，也辦好了門號。

至此李孟奕的焦躁不安，終於不藥而癒。

於是接下來的日子，他常常用手機跟周曉霖傳訊息聊天，有時還會傳整晚的訊息，欲罷不能。

李孟奕覺得，自己好像又變快樂了。

十月，是李孟奕最喜歡的月分，不是他的生日，或有什麼重要的日子，就是很單純的喜歡「十」這個數字。

十月的第二個星期二，周曉霖難得主動打電話給李孟奕。

她打來時，李孟奕正好在騎車，感覺到口袋裡的手機震動，等把摩托車騎到路旁停下來要接電話時，鈴聲已經停了，他一看是周曉霖的來電，心裡正開心，要回撥過去時，周曉霖又打來了。

「哈囉！」李孟奕完全壓抑不住自己開心的聲音。

「你有沒有在忙？」她的聲音有些哽咽。

「妳怎麼了？」李孟奕慌張了，急切的問著。

「陪我回家一趟。」

「好！妳在哪裡？」

「宿舍，我在收拾東西。」

「二十分鐘後到校門口來，我馬上過去到。」

結束通話後，李孟奕十萬火急的直往周曉霖的學校方向衝，幸好剛才出來時，錢包帶在身上，所以不用再繞回宿舍一趟。

接到周曉霖時，李孟奕簡直要心碎了，她不知道為什麼，哭得兩眼紅腫，看到李孟奕時，嘴一扁，眼淚又掉下來。

李孟奕什麼也沒問，抓住她的手，一拉，就把她攬進自己的懷裡。

他很喜歡她，可是他知道分寸，他明白她的矜持，而他是那個全世界最想保護她的人。

所以儘管心急，他還是以最紳士的姿態，輕輕的拍著她的背，溫柔的哄她。

「我爸的同事打電話給我說，我爸在工廠吐血，現在已經送去醫院了……怎麼辦？我好害怕！」周曉霖的眼淚停不下來。

李孟奕雖然心驚，但很快就鎮定下來，他掏出自己的手機，又問周曉霖，「哪家醫院？」

周曉霖講了醫院的名字。

李孟奕先用手機打電話給他爸爸，說同學的父親吐血送醫，問有沒有認識的朋友正好在那間醫院當醫生？正巧他爸爸有個朋友的兒子在該院肝膽腸胃科當主治醫生，李孟奕便請父親拜託對方關照一下。

講完電話後，他發動機車，載周曉霖到火車站。

他們匆匆地買了自強號車票。沿路周曉霖都不說話，只拚命的掉眼淚，李孟奕則自始至終都握著她的手。

他很想替她分擔傷心難過，但她什麼都不說，他也無計可施。

火車到達時，已經是晚上八點多了，兩人攔了輛計程車，迅速趕往醫院。

找到周曉霖父親的病房時，她站在門外擦乾眼淚，又稍微整理了下儀容，然後用帶著濃濃鼻音的聲音問李孟奕，「我看起來還好嗎？」

李孟奕老實的搖頭。

不好！一點都不好！她的眼睛腫得像核桃，嘴角總忍不住的下垂，好像下一秒就又要哭了似的，鼻子紅得像小丑一樣，看起來真的很糟。

「那怎麼辦？」周曉霖嘴角一扁，又想哭了。

「走進去啊！妳爸只要看到妳，就會很開心，不管妳現在多醜，在他眼裡，妳永遠是最漂亮的。」

李孟奕的話給了她勇氣。

她推門進去的時候，周父正坐在病床上看電視，瞧見女兒，忍不住驚訝，隨即一張臉笑得好開朗，直問著，「曉霖，妳怎麼回來啦？」

站在父親面前，周曉霖本想笑著開口想問他有沒有好一點，但才講出第一個字，嘴角就控制不住，眼淚比話語來得更急更兇，撲進父親的懷裡哭得像個孩子。

李孟奕站在門邊看著他們的父女情深，心裡有點酸酸的。他跟自己的父親，好像總是對立狀態，雖然這一、兩年情況稍微好轉了些，但父親的威嚴從小就存在，他怕爸爸也早就怕習慣了，短時間內，好像沒辦法跟爸爸上演這種父子情深的戲碼。

但想起父親年歲漸長，前一陣子暑假，他幾乎都待在家，有次爸爸坐在客廳沙發上講電話，他從身旁經過，發現不知道從什麼時候開始，爸爸已經兩鬢泛白，原本總是挺得直直的背，也微微佝僂了。

原來，爸爸也是會老的！原來的意氣風發，會逐漸被老態取代，他們用自己的生命來滋養下一代，當孩子們羽翼漸豐時，他們卻逐漸凋零。

那天晚上，李孟奕沒有回家，他留在醫院陪周曉霖。

醫院規定，只能一個家屬陪同病患，李孟奕又跑去拜託那位認識的王醫生，幫忙將周父轉進單人病房，再破例讓他留下來陪伴。

李孟奕十分感激，直跟對方道謝，而王醫生說，等明天照了胃鏡，他會用最快的速度找到病因，讓他們放心。

「照目前看來，比較傾向是胃出血造成的吐血。不過實際情況，還是要等做了檢查才能確診。」

離去前，王醫生這麼對李孟奕說。

他把話轉述給周曉霖聽。周曉霖聽完，總算稍微安心了。

「妳別太擔心，如果真的是胃出血，通常只要配合醫生的治療，痊癒的機會很大。」

因為李孟奕是醫科的學生、因為李孟奕是她信任的人、因為李孟奕叫她不用擔心，所以她就不擔心了……周曉霖這時候終於有了踏實的感覺。

李孟奕摸摸她的頭，溫柔的開著玩笑，「去睡一下吧！妳已經哭一整個晚上了，再哭下去，台灣就要被妳的淚水淹沒了。」

周曉霖笑了。她笑起來的樣子，真的很漂亮。

李孟奕看著她，慢慢的把手伸過去，攬住她的頸子，把她拉進自己的懷抱裡，他彷彿聽見自己的心跳聲，像幽谷裡的回音，一聲又一聲。

他也聽見她的心跳聲，感覺在他懷裡的她，像頭受驚的小動物，正顫顫的發抖著。

然後，他聽見自己的聲音，「周曉霖，不要再自己一個人了，請妳讓我照顧妳，好嗎？」

原來，愛情總在期待中，躊躇；在不經易中，來臨。

喜歡一個人，究竟要用多少的堅持去等待，要用多少的勇氣去證明？

當周曉霖怯生生的從李孟奕的懷裡抬起頭，熠熠生輝的眼瞳裡，卻已經說明了答案。

「好。」她說。

只是一個字，卻讓李孟奕的心裡，蹦出燦爛如煙的火花。

於是，整個夜裡，他開心到睡不著覺，心一直怦怦怦地跳得好用力，情緒完全沒有辦法平靜。

愛情，終於來了！

李孟奕興奮得想尖叫，想打電話告訴胡禹承，他終於成功了！也想打電話告訴楊允程，他聽從老友的忠告，鼓起勇氣向周曉霖告白了，而且她沒有拒絕！他還想拉著周曉霖的手去見許維婷，向她炫耀自己終於打動女神的芳心。

周曉霖一樣整夜沒睡著，她一邊照顧著已經熟睡的父親，偶爾轉頭去看看李孟奕，朝他笑一笑。

李孟奕趁她幫父親蓋被子，坐回他身旁時的機會，偷偷握住她的手。

「周曉霖，」李孟奕把頭靠近她耳邊，用輕到不能再輕的氣音說著，「妳知不知道我好高興？」

周曉霖低垂著頭，點了點。

「不，妳不知道。就像妳不知道我其實喜歡妳很久了，從國三那年就開始喜歡妳了。」

周曉霖驚訝的看他，李孟奕逮到機會，迅速的在她的唇上啄了一下，周曉霖的臉一下子竄紅。

李孟奕覺得她真的好可愛，是全世界最可愛的女孩子了！

「周曉霖，我答應妳，在妳沒離開我之前，我一定不會離開妳，這是我對妳的保證，我想給妳的承諾。」

因為這個如蜜一般甜的諾言，所以周曉霖的心踏實了。

她把頭靠在李孟奕的肩上，找到了從來沒有過的安全感，慢慢的，她的呼吸聲變重了，漸漸的，她沉沉的睡著了。

李孟奕依然沒有睡意，這個夜裡他不睡，想當周曉霖的守護者，全心全意的守護著她，和她珍愛的家人。

隔天周父去做了胃部的徹底檢查，果然就像王醫師說的，是胃潰瘍引發的胃出血，才導致嘔血的狀況。

「要配合醫生用藥，要定期回診，三餐飲食要正常，不能再吃有刺激性的食物，酒也不能喝了，好嗎？」王醫師叮嚀著。

周曉霖不住的點頭，一副乖乖牌的模樣，不知道的人還以為是她身體出狀況。

把父親接回家後，周曉霖又不放心的將王醫師說過的那些話，再耳提面命一次。

「好啦好啦，別瞎操心，我沒事了。」周父寵溺的摸摸周曉霖的頭。

「還說沒事！」周曉霖扁扁嘴，撒嬌著說：「人家不在身邊，你要好好照顧自己啊！我在台北都有聽你的話乖乖吃飯讀書，你也要聽話啊！不要老是有一餐、沒一餐的，把胃都搞壞了。」

「是是是，我會乖，會聽話，絕對不會讓周曉霖同學再擔心了。」

周父裝乖裝幼稚的表情跟話語，成功逗笑周曉霖，連站在一旁的李孟奕都忍不住彎起嘴角。

回台北的火車上，周曉霖安靜的坐在靠窗的位置上，眼睛盯著窗外不斷倒退的景色發呆。

李孟奕昨夜一整晚沒睡，上車沒多久，昏昏欲睡的拚命點著頭。

但他的左手，卻一直握著周曉霖的右手。

周曉霖轉頭看看睡得像個孩子似的李孟奕，心裡暖暖的，像有什麼東西緩緩的包裹住她，宛如漂流已久的船，終於有了可以停靠的港灣。

李孟奕的心，就是她的港灣。

她想起李孟奕昨夜在她耳邊說他已經喜歡自己好久了的那句話，雖然是昨天的事，但現在想起來，胸口還是有不能壓抑的激動。

她沒告訴他，其實她也喜歡他很久了，只是一直沒表現出來。她太沒自信，對任何事都太沒有安全感，包括感情。

所以她選擇塵封，選擇假裝不曾喜歡過他，選擇把他放在朋友的位置，也許這樣才能讓關係更長久。

但是，李孟奕越界了！他踰越了兩個人向來保持得很好的朋友界線，他跨過了那個範疇，告訴她，想要守護她。

她知道守護的意思。守護有很多種，而她明白他所謂的「守護」，是指以一個新的定位，站在她身邊，那個定位就是——男朋友。

她很訝異，不知道原來這一天真的會到來，她以為自己是在作夢，所以還偷偷的咬了自己的舌頭一下，確定很痛，痛到眼淚都快飆出來時，才終於抬起頭對李孟奕說：「好。」

只是一個字，卻是所有承諾的起點。

她看到了李孟奕臉龐上的笑意，感覺到李孟奕身上不能抑制的輕顫，甚至第一次看到李孟奕微微泛紅的眼眶……原來，男人跟女人一樣，太感動的時候，都是會哭的。

不過李孟奕沒讓自己的開心化成淚，滑落眼眶，他只是笑，不斷不斷的笑。

然後，他偷偷的低下頭，在她來不及防備的那一瞬間，奪走了她的初吻。

對此，周曉霖並不覺得惱怒或不愉快，她喜歡他，超乎自己想像的喜歡著，所以她覺得很幸福，可以把珍貴的第一次親吻，給了他。

搖晃的火車上，李孟奕睡著的頭不停的前後左右點著，周曉霖覺得他這個樣子很滑稽，他在人前向來是風度翩翩的王子，但王子睡著後，也是會亂點頭的！

周曉霖看著笑著，然後用沒被他握住的另一隻手，把他的腦袋輕輕移到自己的肩上，讓他靠著她睡。

火車一路北上，周曉霖覺得回程的路變得好短，怎麼好像一轉眼間，就已經到新竹了，過不久他們將抵達台北，然後就要回到各自的學校，繼續課業研習，回到自己的生活圈。

分離後的想念，每一秒鐘都是煎熬。

周曉霖深知這樣的痛苦，因為以往只要每到寒暑假，她就要忍受一次暫時離別的痛楚，年復一年。

幸好，現在他們都有了手機，雖然不在同一個學校，但有什麼事，只要一通電話，就能縮短彼此的距離。

「在想什麼？」李孟奕不知道什麼時候醒來的，還維持在剛才那個姿勢，把頭倚在周曉霖肩上，一動也不動。

「你什麼時候醒的？」

「剛才，火車剛要進新竹站，在廣播的時候。」

周曉霖動了動自己的肩膀，又問：「要不要起來坐好？」

「不要。」李孟奕孩子氣的說：「這樣好舒服，我從來沒有把頭靠在女朋友肩上的經驗呢，因為太難得了，所以要靠久一點。」

周曉霖被他的話逗笑。

「怎麼這麼幼稚？」她笑著。

「哪會？」李孟奕玩著她的手指頭，聲音裡充滿柔情，「我覺得這樣好浪漫。」

周曉霖還是笑著，這一刻，她覺得自己好幸福。整個世界好像只剩他們兩個人一樣，她聽不見其他人的聲音，也看不見除了李孟奕之外的任何一個人。

愛情，果然會讓人變瘋狂。

她不討厭這樣的改變，甚至有點期待，未來的日子會變得怎麼樣？她跟李孟奕會不會這樣一直牽著手走下去，走到人生的另一個階段，就像爸爸跟媽媽那樣的恩愛……

我相信，兩個人在一起，一定會碰撞出火花來，不管那火花是大是小，它都一定是美麗的。

李孟奕的生活，變得踏實了起來。

白天，他在學校裡上課，下午，他會騎車到周曉霖的學校等她放學，遇到她每個星期二下午的空堂時間，她就在學校附近的速食店看書，等他下課來找她。

偶爾李孟奕會想蹺課去陪周曉霖，但她不准。她說如果他為了要談戀愛，而讓學業成續下滑，那她就要分手。

李孟奕常常很無奈，這個女朋友規定得比他媽還嚴格，可是偏偏他又很愛她，所以注定要被她吃死死。

幾乎每天晚上，他都會陪周曉霖吃晚餐。遇上周曉霖有家教的日子，李孟奕會先買點心給她吃，然後載她去家教的學生家樓下，再到附近去晃一晃，等周曉霖家教結束，兩人才一起去吃晚餐。

大概是因為認識的時間夠久了，彼此都太熟悉，也都知道對方的地雷區在哪裡，所以，他們不去觸碰對方的禁區，因而沒有男女朋友交往時常見的磨合期，也不曾大眼瞪小眼的吵過架。

他們就像一般大學的男女朋友一樣，喜歡買一樣的東西，穿戴在彼此身上，比如圍巾、比如對錶、比如情侶裝、比如對戒，甚至連牛仔褲，也會買相同品牌又同款式的。有時周曉霖喜歡的服裝只有男生版型，沒有女生版的設計，她也不介意，反而跟店員解釋，她就是要跟李孟奕穿一樣的，即使是男生版的小尺碼也沒有關係。

李孟奕常會覺得，堅持要跟他穿相同衣服跟褲子的周曉霖，真的是又傻又可愛，讓他愛到骨子裡。

「這樣萬一我們在人群裡走散了，還能指著身上的穿著問身邊的陌生人，『請問，你剛才有沒有看到跟我打扮相同的人？』說不定這樣我們能更快找到彼此，對不對？」周曉霖傻乎乎的說。

「笨蛋！」李孟奕揉揉她的頭，鄭重發誓，「我一定會牽好妳的手，才不會被人群衝散呢。」

偶爾，李孟奕從電腦裡看到什麼感人的文章，或賺人熱淚的影片時，就會想起周曉霖，想把心裡那些海誓山盟全跟她說；可惜，他不太會講甜言蜜語，所有的話只要一到他的舌頭，就全都被他的舌尖化解掉，所以他最常對周曉霖說的一句就是，「周曉霖，我好想妳。」

雖然對別人來說，這是很普通的一句話，不過對周曉霖而言，這句話卻非常的受用。她不是聽慣花言巧語的女孩子，在她心裡，喜歡的人講的一句話，勝過其他人的千言萬語，因為她知道，李孟奕是不善把感情說出口的人，所以當他說想她時，他就是真的很想她。

周曉霖覺得，那是她聽過，全世界最美的一句話。

整個大二跟大三，李孟奕都這樣來來回回的跑，只有遇到期中或期末考時，他們兩個人才會約定好停止見面兩個星期，好好閉關修練，免得期末被當。

大三下學期，李孟奕的課業越來越重，他幾乎快沒多餘的時間這樣跑來跑去接送周曉霖，可是又怕冷落了她，所以提出了要跟周曉霖一起搬到外面租屋同宿的要求。

「這樣不是就等於是……同居？」

周曉霖是保守的女生，她沒辦法接受這麼先進的做法，而且，萬一其他人問起，她要怎麼回答？講「我現在跟男朋友住在一起」這樣的答案，恐怕話都還沒講完，整個人就羞愧到直接昏倒休克了。

「不算吧！我們可以找那種有兩房一廳，或三房兩廳的房子。基本上我們只是住在同一個屋簷下，但其實各自保有自己的隱私權啊！這樣我們不但可以天天看到彼此，我也不用每天兩頭跑來跑去。妳不是老擔心我騎機車在車陣裡穿梭，會發生危險嗎？」

李孟奕努力的說服，他是真的想跟她一直在一起，日日夜夜都想見到她。

周曉霖一開始很猶豫，但經過李孟奕一點一點的分析利弊之後，終於點頭。

在她點頭的瞬間，李孟奕開心又激動的抱住她，那感覺，猶如他聽到她親口說「I do」一樣，是種會令人失去理智的興奮。

隔天他們開始找房子。

但台北的房子都不便宜，隨便找間有房有廳的，都要一萬多；新一點的房子，有的光租金就快要兩萬。周曉霖覺得好貴，所以就算李孟奕很心動，還是為了她放棄。

好不容易找到一間房，三房兩廳，雖然不是很新，但裡面的狀況保持得很好，裝潢很有鄉村風氣息。房東是對老夫婦，老太太說房子本來是他們在住，但因為媳婦生了小孩，他們這一年幾乎都住在南部幫忙帶孩子，北部的房子空著也是空著，打算出租。租金可以便宜算，但房客必須是真心喜歡這房子的人才行，順便幫老人家看家。

老太太對周曉霖的第一印象很好，說她長得有點像嫁去美國的女兒，所以當周曉霖開口問她願不願意把出租房子時，老太太非常爽快的以一個月一萬不到的價格，把房子租給他們。

周曉霖喜出望外的看著李孟奕，李孟奕也很開心，覺得幾天來東奔西跑找房的辛苦，終於值得了。

而且房子裡的家具電器應有盡有，他們只要把換洗衣物帶過來，就能直接入住了。

那天晚上，周曉霖因為太開心，晚餐時胃口大開，吃光了整整一鍋的小火鍋，被李孟奕取笑半天。

三月中，他們正式搬進租屋，展開兩個人的同居生活。

搬進去的第一天晚上，許維婷特地北上參觀他們的居所，當她參觀完整間屋子後，臉上滿滿是羨慕的表情。

「以後如果我來台北玩，是不是可以借住在這裡？」她的眼睛閃亮亮，追問周曉霖。

周曉霖微笑著點頭。

「哇噻，真是太棒了！」許維婷像個孩子般高興的跳著，「這房子真是太完美了！根本就是我夢想中的家嘛！怎麼有人可以把房子裝潢得這麼美，就連那張布沙發看起來都好夢幻啊！我真是太愛這裡了！」

李孟奕望著飛撲到沙發上，動作誇張的趴在沙發上東磨西蹭的許維婷，警告她，「喜歡就喜歡，但妳可別把妳的髒口水流下來，萬一弄髒了沙發，我一定抓妳去向房東太太跪榴槤賠罪。」

許維婷作勢吸了口口水，那聲音噁心至極，她說：「我把口水吸回來了，你放心，沒弄髒你家沙發，不然你來檢查看看？」

「有夠噁心耶妳。」李孟奕裝出嫌惡的表情瞪她一眼。

那天晚上，許維婷跟周曉霖睡同一個房間，兩個人躺在大大的雙人床上東聊西聊，興奮得睡不著覺。

許維婷問周曉霖，李孟奕對她好不好？

周曉霖輕輕的回答了聲，「嗯。」

「你們吵不吵架？」

「不吵。」

「怎麼會？」許維婷驚訝得坐起來。

黑暗中，周曉霖看到她的眼睛像暗夜裡的兩顆夜明珠，發著微弱的光。

「沒什麼好吵的。」她說：「因為，我們很珍惜這樣的感情，在我這二十年人生裡，有快要一半的時光，是與他共度的，這樣的緣分真的很微妙！所以，我們為什麼要把時間浪費在沒有意義跟建設性的吵架上？再說，我們都太了解彼此了，知道對方的地雷與禁忌。只要不去觸碰，偶爾快要擦槍走火時互相忍一忍，沒有什麼是過不去的。愛情是一種感覺，但相處卻是一種智慧。」

◉ 愛情是一種感覺，但相處，卻是一種智慧。

同居的生活，原來比想像中更美好。

這裡是指李孟奕跟周曉霖的同居生活。

周曉霖在網路上看過很多人貼文抱怨，說他們的愛情，是在同居生活中被活生生扼殺。

因為生活習慣的不同、因為對某些事情的堅持點不同、因為女生總是出於關心而愛碎碎唸，但男生卻仍渴望自由而開始學會躲避，於是，本來期待的同居生活，開始與想像中不一樣，愛情於是有了裂痕。

周曉霖一開始也擔心她跟李孟奕的愛情，會因為近距離的相處，而產生各種異樣。

然而，她所擔心的一切並沒有發生。

李孟奕是個愛乾淨的男生，他不會隨手亂丟衣褲跟襪子，他的房間永遠整理得乾乾淨淨，還把倒垃圾的工作攬下來做，洗衣服跟曬衣服的工作他也一手包辦，唯一他不碰的，就是廚房。

廚房是他的死穴。

所以他總說：「君子遠庖廚。」

周曉霖不介意這一點，她喜歡下廚，喜歡煮東西給喜歡的人吃，所以她承包了所有關於廚房的工作。

李孟奕的嘴不挑，不管周曉霖煮什麼他都吃，而且總是吃得津津有味，吃完還會乖乖去洗碗。所以煮東西給他吃，非常有成就感。

他還喜歡拖地板，他們家的地板都是李孟奕負責打掃。周曉霖覺得跟他生活在一起，一點都不累，他總是做的比她還要多，也不喊累。

週末晚上，如果他們都沒有回老家去，周曉霖就會下廚煎一塊厚切牛排，煎到五分熟，然後兩個人坐在客廳沙發上，關上大燈，吃著切好的牛排、喝著紅酒，看第四台的電影。

跟周曉霖看電影很有臨場感，她雖然平常總靜靜的，但看電影時，卻特別激動，尤其是看恐怖片，她總是叫得讓坐在一旁的李孟奕跳起來。李孟奕常笑她，「我真的不是被恐怖片嚇到，是被妳的叫聲嚇到的。」

可是看親情或愛情片時，一看到感人的場面，戲裡的人都還沒開始哭，周曉霖就已經入戲的哭得一把鼻涕、一把眼淚了。

所以李孟奕最常跟胡禹承炫耀的一句就是，「我老婆真的是全世界最純真的人了。」

周曉霖一開始不准李孟奕叫她「老婆」，她覺得彆扭。

但李孟奕才不管，他就是想要這麼叫她。她不習慣，他就每天叫；她抗議，他就攬著她說：「老婆，妳別生氣。」

魔音穿腦久了，周曉霖竟然也慢慢習慣這個稱呼。只是她打死不叫他「老公」，她說，她才不要同流合汙。

兩個人住在一起後，相處的時間變長了。早上李孟奕依然會送周曉霖去學校上課，下午只要他時間上來得及，一定會去接她下課，有時真的走不開，就偷偷傳簡訊給周曉霖，一邊道歉，一邊請她搭公車回家，然後附上幾個可憐兮兮的貼圖。

周曉霖從沒因此對他生過氣。

李孟奕覺得自己真是世界上最幸福的男人，多少身旁的朋友都向他抱怨過自己的女朋友，說她們既任性又有公主病，老是會為微不足道的小事爭吵，還愛雞蛋裡挑骨頭的安上各種罪名、找男友麻煩，常常一天的好心情就被莫名其妙的衝突給破壞了。

每次男生堆裡只要有人起頭抱怨，其他有女朋友的人就急忙附和兼訴說委屈。每當這個時候，李孟奕都覺得自己彷彿被孤立了，因為他完全沒有辦法介入別人的話題……他擁有了全世界最體貼、最溫柔的女朋友。

李孟奕生日那天，周曉霖送給他一本厚厚的日記本。他不知道送日記本的用意，還笑著問：「是要我把每天想對妳說的甜言蜜語寫下來，當成證據，以後給我們的孩子們看時，順便向他們炫耀說當初爸爸有多愛媽媽嗎？」

周曉霖一張臉瞬間染紅，她皺著鼻說：「少臭美了，誰說要嫁給你了？」

「妳不嫁我也不行啦，妳看我們兩個人都住在一起了，別人怎麼看都覺得妳就是我的人。妳已經沒得選擇了，我，就是妳最好的選擇！」

李孟奕洋洋得意的笑著，他好喜歡開她玩笑，看她嘟著一張嘴，又急又氣，卻沒辦法還嘴的著急模樣，就覺得她好可愛。

那天晚上他回房間，打開日記本，正打算要寫下自己想對周曉霖說的甜言蜜語時才發現，日記本上早已經寫滿了字跡。

周曉霖寫了好多她想對他說的話。她在上面貼了許多兩人的合照、一起去看電影的票根、他送給她的書籤、她從他衣服上拔下的第二顆鈕釦、他為她畫的她的側面素描……她在每一件物品下方都做了註記，明白的標示了時間與她當時的心情。

她沒有說她愛他，但李孟奕卻是明白的。從那些字裡行間、那些點滴曾經裡，他看見了她對自己的愛與用心。

那一夜他徹夜未眠，在燈光下，一頁一頁的翻閱著她寫給他的日記。

原來愛情，不是所謂的天長地久，而是在細微的日常生活中，當你願意為另一個人改變你自己，願意為對方容忍你曾經不能忍耐的事情時，那就是真正的愛情。

周曉霖的生日在八月，那時他們都回到各自的家裡去過暑假。

而這個夏天，李孟奕沒閒著，他為了周曉霖去學做蛋糕。當他捧著自己做的蛋糕去周曉霖家時，周曉霖卻被那個奶油塗抹得完全不均勻、奶油花大小不一致，簡直堪稱是失敗中的失敗的蛋糕，感動得哭不停。

李孟奕一開始不知道她為什麼哭，還以為她是太難過收到這麼一個醜不拉嘰的生日蛋糕，一時悲從中來，才傷心垂淚的。

「欸，我知道這蛋糕做得很失敗，但妳也不必傷心成這樣啊。」李孟奕搔搔頭，有些不好意思，「人家已經努力了啊。」

周曉霖紅著一雙眼看他，用手抹了抹眼淚後，突然湊過頭去，學李孟奕平常偷襲她那樣，突然偷襲他的嘴唇。

李孟奕怔了怔，居然害羞起來！

雖然周曉霖是他的女朋友，但這是她第一次這麼主動，他高興極了。

「人家才不是傷心，是太開心了……」周曉霖一扁嘴，想笑卻又哭了出來，「你平常那麼不愛下廚的人，居然為了我去學做蛋糕，雖然做得不漂亮，但它已經是我收到最棒的蛋糕了。」

那一天，他們兩個人切著蛋糕輪流餵對方吃，一面吃，一面笑。

「這蛋糕……太甜了。」李孟奕說。

周曉霖點點頭，「下次要改進。」

「沒有下次了，做這個太難啦，下次我用買的。」李孟奕正經八百的回答。

「這麼容易就放棄了？」

「我的手不是用來做蛋糕的。」李孟奕說。

「喔對，你的手是用來幫病人開刀的。」周曉霖露出恍然大悟的表情，又同意的點頭。

「不是，我的手是用來抱我女朋友的，就像這樣……」

李孟奕一說完，一隻手馬上伸過去，抓住周曉霖的手，往自己身上拉。周曉霖一時重心不穩，跌進他的懷裡，手上的奶油蛋糕也順勢砸在他的衣服上。

「啊，慘了啦！」

周曉霖掙扎著要起來拿紙巾幫他擦衣服，但李孟奕卻依然緊抱著她，不慌不忙的說：「沒關係，反正只是奶油嘛，洗一洗就好了。」

「可是……」

「周曉霖，別動！讓我這樣抱著妳就好。」李孟奕的聲音輕輕的、溫柔的，慢慢的說：「我還沒告訴妳：生日快樂啊，女朋友。」

周曉霖還來不及感動，李孟奕就拉起她的手，從上衣口袋裡拿出一枚綴著碎鑽的銀戒，套在她的左手無名指上。

「我答應妳，我會一直喜歡妳，一直到妳不再愛我的那一刻為止。」

那些我們願意為了對方去忍耐、去改變的經過，才是真正的愛情。

大四之後，周曉霖的課變少了，開始準備國家考試。

但李孟奕卻越來越忙。他常說：「醫學院真不是給人讀的，我怕我還沒當上醫生就先爆肝。」

周曉霖很心疼他，可是卻又不知道該怎麼幫忙，只能去中藥店買些簡單的藥材，煮些中藥湯幫他補補身體。

夜裡，李孟奕念書時，周曉霖就抱著書在他身旁陪著讀，常常李孟奕坐在書桌前打報告或讀書，周曉霖就坐在他的床上，背靠著床頭讀書，有時讀累了，也不敢明目張膽的躺下去，總是閉眼偷睡，頭有一下沒一下的前後左右亂點，李孟奕常會忍不住分心偷看，忍不住笑起來。

於是，他會放下手邊的課本或報告，爬到床上，拿走周曉霖手上的書，抱著她平躺在床上，耳邊聽著她均勻的呼吸聲，相伴入睡。

不過往往天還沒亮，周曉霖就會醒過來，一溜煙的又溜回自己房間去睡。

她還是不習慣睡在李孟奕的床上，也不習慣身旁多睡一個人。

李孟奕並不急躁，他知道她的矜持，也知道真正喜歡一個人時，你就要保全她的所有。

等待，有時也是一種愛情的證明。

年底跨年的時候，許維婷帶了個女同學北上，四個人一起去跨年。

跨年就是那麼回事，永遠是人擠人、講話比大聲的，還有震耳欲聾的音樂，和揮之不去的汗臭味。

周曉霖跟李孟奕其實都不愛這樣的活動，但許維婷堅持年輕就是要放縱，所以他們只好不掃興的陪她去瘋一晚。

當大家為著迎接新的一年到來而倒數時，周曉霖跟李孟奕也被周遭的氣氛感染，大聲的隨著眾人大喊「五、四、三、二、一」。然而跟其他人不同的是，當其他人互相恭賀的大嚷著「新年快樂」時，李孟奕卻在周曉霖的耳邊喊著，「周曉霖，我愛妳。」

周遭一片鬧烘烘，沒有人仔細聽李孟奕說的話，每個人都沉浸在新的一年來臨的快樂氣氛裡。

周曉霖的眼眶迅速紅了，她轉身抱住李孟奕，把頭埋進他的胸口裡，大聲的回答，「我也是。」

那是他們第一次，如此坦承又大聲的彼此告白。

那一晚，周曉霖把自己的房間讓給了許維婷跟她同學，她跟李孟奕睡一個房間。

夜裡，他們手牽著手，一起入睡。

那一夜，周曉霖睡得很安穩，因為李孟奕總能給她安全感。跟他在一起，她很安心。

他們同居了這段時間以來，只有身旁親近的幾個人知道這件事，就連雙方的家長，也不知道兩人已經同居，一直以為孩子是搬出來跟同學住。

幸好，家長都忙，沒有時間北上探視孩子。

寒假過後的四月初，剛好有個春節連假，前後總共有四天的時間。

周曉霖因為準備考試，加上整個寒假都待在家，所以提早告知父親，說這個假期不打算要回家。

李孟奕也因為課業忙碌，所以決定留在台北。

兩人有天晚上吃晚餐時，討論起四天的假期安排，李孟奕突然提議要騎車去北投泡溫泉。

「我們當天來回。我查過那一家有個人湯屋，我們不用跟大家一起泡大眾池，妳覺得怎樣？」

周曉霖怕冷，所以很喜歡泡溫泉，而且衡量當天來回，應該不會影響到李孟奕趕報告的進度，於是點頭同意。

去北投的那天，一早兩人吃過早餐就把個人行李用品準備好，興高采烈的騎車往北投去了。

大概是連續假期的影響，去北投的路上車流量比平常大，幸好他們是騎摩托車，沒受車潮的影響，依然在計畫的時間內到達溫泉區。

泡溫泉的時候，李孟奕跟周曉霖雖然都穿著泳裝，但周曉霖還是有一點小害羞。她沒有在李孟奕面前穿得這麼少過，雖然連身泳裝已經很保守了，但還是有點不自在。

李孟奕也是！他只穿了條泳褲，又從來沒在周曉霖面前這麼裸露過，所以感覺怪怪的。

於是這兩個已經交往兩年多的男女朋友說好，要一人佔據一邊的角落，互不侵犯。

後來李孟奕覺得有趣，忍不住先笑出來。

周曉霖不知道他在笑什麼，好奇的問他。

「我笑我們都已經交往兩年多了，還這麼保守。我很多同學才剛和女友交往不到一個月，就『本壘』回來了……」李孟奕笑著解釋。

周曉霖雖然保守，但好歹也懂得本壘是什麼。

她瞪向李孟奕，「你別被帶壞了。」

「我才不會！」李孟奕舉起手發誓，「我要想跟妳怎麼樣，早就動手了，才不會到現在還守身如玉呢！」

「『守身如玉』這四個字是用在男生身上的嗎？」周曉霖也忍不住笑出來。

「難道用『完璧之身』會比較好？」

周曉霖捧起一手的水，潑向李孟奕，笑著說：「很爛，爛死了！」

李孟奕也幼稚的潑水反擊。

兩個人越玩越起勁，水越潑越誇張，周曉霖因為玩得瘋，加上水溫夠熱，整張臉紅撲撲，襯出她水靈大眼間的流轉風情。

李孟奕看著她，突然一個大動作，犯規的離開自己的區域，直接靠向周曉霖，迅速親了她的嘴一下，又快速回到原位，假裝什麼事都沒發生過一樣的坐下。

「李孟奕你幹麼？怎麼擅自離開自己的領地，進入我的地盤？你犯規！」周曉霖佯裝生氣的嘟著嘴。

「沒辦法啊。」李孟奕露出無可奈何的表情，他聳聳肩，「我老婆這麼迷人，我完全是情不自禁嘛！誰叫我老婆美得令人犯規！」

周曉霖雙手合成碗狀，捧起熱，又是一陣連環攻擊。

「懲罰你、懲罰你！誰叫你犯規，犯規還滿嘴藉口，找死嘛你……」

他說，因為珍惜，所以我珍惜妳的感受，所以我們的本壘就留待婚後再一起奔回。

泡過溫泉，兩人又去溫泉餐廳吃了一頓豐盛的餐點，平常小鳥胃的周曉霖也忍不住胃口大開。李孟奕笑她其實頗有潛力，可以把小鳥胃培育成老鷹胃，再進化成小豬胃……

而他得到的回答，是周曉霖的無數白眼！

回程的時候，已經接近黃昏，周曉霖抱著李孟奕的腰，享受來自山林間的風，輕拂在臉上的涼爽。

「李孟奕，我覺得我很幸福。」她把臉貼在李孟奕的背上，大聲的說。

李孟奕沒回答，只用自己的左手，輕輕的撫摸著周曉霖環抱交握在他腰腹上的手。

「李孟奕，你不要單手騎車，這樣很危險──」

話聲才落，對向車道就衝出一部車，因為轉彎弧度過大，那部車竟然衝向逆向車道。

周曉霖還來不及尖叫，耳邊就聽到尖銳的剎車聲，接著是一聲轟隆巨響！

「……周曉霖、周曉霖？」

耳邊有人在叫她，聲音很急促，她感覺有人在拍她的臉。

睜開眼時，她看見的是李孟奕焦急的臉。他在掉眼淚，邊哭邊叫她，見她醒了，終於笑了，又哭又笑的問：「妳有沒有怎樣？有沒有哪裡疼？還記不記得我是誰？」

周曉霖覺得全身都很痛，好像跑完五千公尺那樣，渾身肌肉都繃得很緊，但她努力的扯開笑容，「李孟奕，我沒失憶，不過我身上好痛喔，你呢？你沒事吧？」

「妳沒事就好、沒事就好。」

李孟奕抱著她，親親她的臉頰，又親親她的額頭。

身邊聚集了越來越多人，李孟奕卻不肯起來，只是抱著她，一再安撫勸慰，沒多久，救護車來了。

周曉霖經由一旁熱心民眾的攙扶，努力的站起來，但李孟奕卻站不起來——

他的小腿骨摔斷了，還是粉碎性骨折！

在救護車上，周曉霖的眼淚像六月的梅雨季，一直一直下個不停。

李孟奕卻安慰她說：「周曉霖，我們福大命大，以後一定可以更幸福的走下去，真的！所以妳不要哭，這是值得高興的事。」

周曉霖覺得他真的很笨蛋，都什麼時候了，還不忘講笑話逗她開心。

可是她實在是笑不出來，她很擔心他啊。

李孟奕的父母親在兩個小時後，出現在醫院，那時李孟奕已經被推進手術房，還沒有出來。

周曉霖沒什麼大傷，不過身上有好幾處擦傷，幸好她是穿著長袖、長褲，不然恐怕皮肉傷會更嚴重。

李孟奕的爸爸坐在周曉霖身邊，神情雖然有些嚴肅，但看到她身上幾處被護士包紮的部位，還是不忘關心的詢問有沒有怎麼樣。

周曉霖搖搖頭，淡淡一笑，說：「謝謝李伯伯關心，我沒什麼大礙。」語氣輕柔而沉穩的，但其實心裡緊張得要命，大有醜媳婦見公婆的恐慌。

李孟奕的媽媽則不斷在長廊上走來走去，完全沒有辦法平靜下來。

過了一會兒，醫生從手術室裡走出來，尋找李孟奕的家人。

李父動作迅速的起身過去。

「手術很成功，病患現在在恢復室裡休息，等麻藥退了就會推回普通病房。等等護士會通知你們。」

李孟奕的父親再三向醫生道謝，平日的威嚴，此時蕩然無存，只剩無限的擔憂。其實，他是很愛兒子的。

等李孟奕被護士從恢復室推出來時，人已經清醒了，他看看爸爸，又看看媽媽，最後把目光放在周曉霖身上，朝她笑了笑。

他們全跟著李孟奕的病床走，回到他住的病房。那是一間單人病房，是李父特別安排的。

那天晚上，周曉霖一個人回家，在沒有李孟奕的屋子裡，靜靜的流眼淚，想著他。

她沒有睡好，一閉眼就是恐怖的車禍畫面，一夢到那景象，她就驚醒，好不容易迷迷糊糊的睡著，卻又是作相同的夢……這樣反反覆覆，一直到天亮。

天一亮，她就起來煮粥。

她不知道李孟奕的爸媽喜歡吃什麼，所以她幫李孟奕煮了白粥，又幫李孟奕的父母煮了香菇木耳鹹粥，煎了蔥花蛋、炒了盤高麗菜，還準備了脆瓜罐頭跟土豆麵筋。

走進病房時，李孟奕已經醒了，李父坐在一旁看報紙，李母則不見蹤影。

周曉霖恭恭敬敬的叫了聲，「李伯伯，早。」

李父放下報紙對她笑了笑，也向她道早。

周曉霖把早餐放在桌上，說她不知道煮這些東西合不合大家的胃口，如果不好吃，她可以到外面買。

李父臉上帶著笑，稱讚她真不簡單，一般她這樣年紀的女孩子根本不會進廚房，而她居然可以煮出這些看起來可口的菜餚來。

「爸，她超會煮飯的。」李孟奕在一旁，忍不住開口幫她說話。

「你怎麼知道？」李父回頭看了他一眼。

「我當然知道啊！我都吃過幾百次了，哪會不知道？」

「你這小子現在是在跟我炫耀嗎？」李父開玩笑的說著，拿起周曉霖幫他盛好的粥吃了一口，接著讚賞的說：「很有味道啊，真好吃。」

李父一連吃了兩碗，看他吃得這麼滿意，周曉霖一顆懸著的心，終於穩穩落了地。

「爸，你別光自己吃啊，我肚子也餓了。」李孟奕在一旁抗議著。

周曉霖這才從另一個保溫壺裡拿出白稀飯，幫他盛了一些。

「不知道你可以吃什麼，白稀飯應該是最安全的，所以你就吃這個吧。」

李孟奕大概真是餓了，什麼配菜也不用，唏哩呼嚕的一連吃了三碗。

直到兩個男人都吃飽了，李媽媽才拎著大包小包的早餐，從外頭走進來。

「咦，你們都吃飽了？」李母驚訝的睜大眼。

「是啊。」李父回答她。

周曉霖又乖巧的叫了聲，「李媽媽，早。」李母也親切的向她道早。

李父指指一旁桌上的保溫壺，對李媽媽說：「要不要吃粥？有妳愛吃的黑木耳欸，是咱們媳婦兒煮的喔。」

周曉霖本來傻愣愣的在一旁笑著，聽到「媳婦兒」三個字時，一時還沒什麼反應，但幾秒鐘後，臉「唰」的一下子全都紅了。

「爸，你幹麼這樣說啦？周曉霖臉皮薄，你這樣說，她會害羞啦！」李孟奕護女友心切的向父親抗議。

李母拍拍李父的手，低聲罵道：「你這張嘴喔，真的是。人家小女生容易害羞，還這樣說！」

這一刻，周曉霖覺得有種無法言喻的快樂。她本來還擔心李孟奕的爸媽不喜歡她，尤其他們又是在這樣尷尬的情況下見面，對她的印象應該會更不好，不過如今看來，一切似乎都是自己太杞人憂天了。

周曉霖抬眼看見李孟奕正望著自己笑。她覺得，此刻，自己一定是這個世界上最幸福的人了。

幸福，無以名狀，而我卻在妳的眼神流轉中，看見它的存在。

下午，李爸爸因為公司裡還有事情要處理，所以先南下，留妻子在台北照顧李孟奕。李媽媽先陪他去機場，於是李孟奕跟周曉霖終於有了可以獨處的機會。

周曉霖問李孟奕要不要吃蘋果？

「不要。」他搖頭。

「不行。」

周曉霖難得霸道，拿起水果刀，直接削起蘋果皮來，就像電視裡削蘋果一樣，把蘋果皮削成長長的一條，邊削邊說：「生病的人就是要吃蘋果，電視裡都是那麼演的，所以你得配合。而且蘋果我都買來了，你如果不吃，就不要回家！」

李孟奕假裝吃驚的瞪大眼睛，露出不可置信的表情說：「周曉霖，妳變了！妳怎麼可以對我說出這種威脅的話？不吃蘋果就不能回家？好可怕啊！」

「這才是我的本性。」

「哇，那我以前認識的周曉霖難道都是假的？」

「沒錯！你打算要開始反悔了嗎？」

李孟奕搖搖頭，認真的說：「妳手上還有刀子耶，我敢反悔嗎？」

周曉霖拿著水果刀，半威脅的在他面前晃了晃，說：「嘿嘿嘿，你知道就好！」

接著，她把蘋果切塊去籽，放在盤子裡，讓李孟奕拿著吃。

「周曉霖，我覺得我爸媽都喜歡妳。」李孟奕邊吃蘋果邊笑著說：「妳那麼好，很難有人不喜歡妳吧！」

周曉霖也笑了，她覺得李孟奕的爸媽真好，對她好親切，一點也沒有長輩的架子。

「李孟奕，跟你在一起，我真的很快樂。」周曉霖由衷的說。

接近傍晚的時候，李母回來了。

她走進房裡的時候，周曉霖正在跟李孟奕討論失智症患者的初期症狀跟治療，李母朝兩個人笑了笑，「連生病也在討論這麼嚴肅的話題啊？」

「反正就是閒著啊，剛好周曉霖看到報紙上有個新聞談到失智老人的照護，我們就討論起來了。」李孟奕說。

「我要去買晚餐了，你們要吃什麼？」李媽媽又問。

「我都可以。」李孟奕說：「不過我不要吃魚，妳今天在樓下餐廳買的魚不太新鮮，魚腥味好重。」

「好啦，不幫你買魚，嘴真挑！」李媽媽笑著，又轉頭對周曉霖說：「曉霖，妳陪我去買晚餐，好嗎？」

「好。」周曉霖應聲，笑著跟李孟奕的媽媽出去了。

她們離開後，整間病房瞬間安靜下來，李孟奕頓時感覺好寂寞，只好拿搖控器開電視看。

大約過了半個小時，她們才提著晚餐回來。

「喏，李大公子，你的！」李媽媽把他的便當放在活動餐桌上，又把餐桌推到他面前去，「沒魚的。」

李孟奕肚子正餓得咕嚕咕嚕叫，便大口大口的吃起便當來。他一邊吃，一邊留意周曉霖吃些什麼，只見她拿著便當，有一口、沒一口的坐在他身旁安靜吃飯。

「欸，妳的便當很難吃嗎？」李孟奕輕輕的問。

「喔，沒有啊。」聽到他的詢問，如夢初醒般的周曉霖，倉皇抬起頭，丟給他一個有點刻意的微笑。

「不然我的便當跟妳換，我的還不錯吃。」李孟奕把自己的便當推到她面前。

周曉霖搖搖頭，「不用啦，我肚子不太餓！你一個便當夠不夠吃？不夠我這裡還有。」

李孟奕搖頭，又擔心的看看她。他覺得她不太對勁。

吃過晚餐後，周曉霖幫忙把垃圾廚餘拿去處理後，就說要回家了。

李孟奕真的覺得她怪怪的，剛才明明還那麼快樂，怎麼去買個東西回來，整個人就不一樣了。

他轉頭看著母親，困惑的探問，「媽，妳是不是跟周曉霖說了什麼？我覺得她怪怪的。」

「我哪有啊！」李媽媽否認，「我只問她是怎麼跟你認識，你們是怎麼開始交往的……就這樣而已啊。」

「可是她真的怪怪的啊。」

「可能是太累了吧！說不定她昨天沒睡好，早上又這麼早起煮粥給你吃。」

聽媽媽這麼一說，李孟奕也覺得有可能，於是強迫自己不要想太多。

隔天，周曉霖到快中午才來。她提著便當過來，跟李孟奕說了一下話，就說今天學校有幾堂重要的課，不能蹺課，所以又匆匆的離開了。

李孟奕看著被周曉霖關上的房門，心裡空落落的，他敏感的察覺，周曉霖一定有什麼心事。他感覺得到，也看得出來，可是，她卻什麼都不跟他說。

接下來好幾天，周曉霖都是匆匆的來又匆匆的走，他們甚至連坐下來好好說句話的時間都沒有。

李孟奕變得不快樂了。

他感覺到，周曉霖也變得不快樂了。

她的黑眼圈變得好重，臉色也憔悴不少。他突然覺得，周曉霖正在遠離他。

李孟奕出院那天，周曉霖來醫院幫他整理東西，李媽媽去辦出院手續。李孟奕已經恢復不少，能下床柱著枴杖，單腳在地上跳。

李孟奕跳到周曉霖身邊問：「妳最近怎麼了？」

「沒有啊。」她沒有抬頭看他，聲音淡淡的，毫無起伏。

「我覺得妳最近很沒精神。」

「讀書讀累了吧。」

「可是妳以前就算是通宵讀書，也沒這樣啊！」李孟奕說：「而且，我覺得妳好像在躲我。」

周曉霖沒說話。

李孟奕心裡莫名恐慌起來，但他告訴自己不能自亂陣腳。深吸了一口氣後，他又問：「可以告訴我，妳到底是怎麼了嗎？」

周曉霖看了他一眼，又低頭躲開他的視線，慢慢的把衣物放進行李袋裡，語氣仍淡淡的，「沒事啊。」

「騙人！」李孟奕不相信。他認識周曉霖那麼久了，久到只要看她一個眼神，他就能明白她在想什麼、到底快不快樂。他努力又笨拙的彎下身，對上她的眼睛，溫柔的語氣讓人心疼。他說：「妳告訴我，好嗎？拜託。」

「真的沒事。」周曉霖努力的扯開笑容，指指他的腳，刻意揚起語氣問：「你這樣要怎麼去上學？先辦休學嗎？」

「不用吧！又不是多嚴重。而且妳看，我現在已經完全能駕馭這對拐杖了，就算拄著拐杖，也能輕鬆的上下樓了喔。」

李孟奕說著，撐起拐杖，原地單腳跳來跳去，一副「妳根本就不用擔心」的模樣。

周曉霖見他這樣，忍不住笑起來，不放心的叮嚀他，「小心點啊，不要又摔到了。我的心臟不算強，你再摔，我可沒把握自己不會崩潰。」

「妳會擔心？」李孟奕轉頭，喜出望外的問了這個白癡問題。

周曉霖知道他是故意的，嗔著瞪他一眼，說：「小心我不讓你回家。」

這句話對李孟奕起了作用，他安靜了片刻，又拄著拐杖，跳到周曉霖身旁去，坐在她身邊的折疊單人床上，不由分說的握住她的手，把她的手拉到嘴邊親了親，語重心長的說：「周曉霖，永遠都不要讓我擔心妳，好嗎？」

如果我會害怕、會擔心，那也是因為我太喜歡妳的關係。

他們終於又回到那個溫暖的小窩。不過這次不是他們兩個人，還多了個李媽媽。

李孟奕目前的情況，不適合自己一個人住，雖然周曉霖會照顧他，但李母不放心，堅持要陪他們回來。

「媽，妳可以回去了啦，真的！我可以照顧我自己，去上學也沒問題啊。反正台北的計程車很便利，只要出門前打通電話，計程車就會準時來載我，再說我又不是行動多不便，洗澡也難不倒我啊！況且我還有一隻完好的腿，可以跳上跳下，在學校也有同學會幫忙我上下樓，真的沒問題啦。」

李母才住幾天，每天那關心的叨唸，已經讓李孟奕有點受不了了，所以第五天放學後，他直接在計程車上跟媽媽談判。

其實真正讓李孟奕無法忍受的不是媽媽的叨唸，而是他跟周曉霖的世界，因為多了母親的存在，而有了重大的改變。

周曉霖變得早出晚歸，有時天黑了，李孟奕還等不到她回家，打她手機，她卻說自己在學校趕報告，晚餐會在外面解決，要他別擔心，也不要他等門。

李孟奕不喜歡這樣的感覺。他懷念以前他們無話不談的日子，但母親搬進來後，他們相處的時間明顯的變少了，他感覺媽媽好像是在監視他們兩個人，雖然母親在他面前，什麼話都沒有說，但就覺得彆扭。

他希望日子可以回到過去，回到媽媽還沒住進兩人小窩之前的快樂生活。他已經好幾天沒有吃周曉霖親手煮的東西了，他多懷念她煎的牛排啊！

「可是你這樣……」計程車上，李母還想跟兒子討價還價。

「媽，拜託，我已經長大了，真的！我可以照顧自己了。」

李孟奕向來最能把他媽媽吃得死死的。他無所不用其極的努力說服，發誓兼保證，終於遊說成功。

李媽媽決定兩天後回家。

但當李孟奕把結果告知周曉霖時，她並沒有表現出太多開心的反應，只是單音節應了聲，「喔。」

李孟奕覺得有點失落，周曉霖為什麼沒有表現出他預期的興奮？他們終於又可以回到以前的兩人世界了，可是為什麼她卻仍然不快樂？

李媽媽要回南部去的那天下午，周曉霖陪李孟奕去火車站送行。李媽媽拉住她的手，淡淡的說：「曉霖，李孟奕就拜託妳了。」

周曉霖點點頭，臉上有一抹淺淺的憂傷。她說：「好。」

李孟奕站在一旁，靜靜的看著，心裡微微不安著。

周曉霖變得好奇怪！

回家後，才一進門，李孟奕就從周曉霖背後環抱住她。

他感覺到周曉霖身體一僵，但他沒多想。周曉霖本來就是臉皮薄的女孩子，可能是一陣子疏離後，不習慣突然這麼熱情的動作吧。

李孟奕把頭貼在周曉霖的肩上，不知道為什麼，他的心情變得有點沉重，因為他能感覺得到周曉霖的不一樣，但她卻什麼都不肯對他說。

他們兩個人，已經有所謂的隔閡了嗎？

更慘的是，他根本不知道自己曾經做了什麼讓她生氣或失望的事。

「周曉霖，妳可不可以答應我，不要對我隱瞞任何事？不管是什麼事，妳都要對我誠實坦白，不要對我有任何隱瞞，好嗎？」

周曉霖沒有回答，只是把手伸到李孟奕偎在她肩膀的頭頂，輕輕的拍了幾下，半晌後，才淡淡的說：「不要胡思亂想，我沒有怎麼樣。」

李孟奕輕易的被說服了，他是那麼相信又依賴周曉霖，所以當她這麼說時，他就決定要不要再亂想。

日子彷彿又回到過去那樣，周曉霖用無微不至的照顧方式，照顧著李孟奕。

只是，不管她做得再多再好，李孟奕卻還是感覺她變了。

她的話變得好少，有時，李孟奕聽到什麼足以捧腹的笑話，轉敘給她聽的時候，周曉霖雖然會笑，但那笑容裡，不知道為什麼，卻有濃濃的悲傷味道。

她連笑，看起來都那麼憂傷。

李孟奕已經沒有辦法了，他去找許維婷求救。幾天後，許維婷重義氣的北上來找他們，夜裡她跟周曉霖住一個房間，兩個女生在房裡吱吱喳喳了一夜，隔天，許維婷只是拍拍李孟奕的肩膀，淡淡的安慰，「你別想太多，沒事的。」

李孟奕覺得，許維婷這個特使的角色不夠好，和番沒成功也就算了，在他看來，她根本就是已經倒戈了。

情況沒有任何進展，他雖然心急，但狀況也沒有變得更壞，至少周曉霖還跟自己住在一起、會跟他說話，偶爾也會對他笑，對他依然溫柔體貼……唯一改變的，不過就是沒那麼膩著李孟奕，沒那麼愛笑又多話罷了。

李孟奕最後妥協了，他的心願變得小小的：只要周曉霖還在他身邊，那就好了。

太愛一個人，其實是一種悲哀！

學期末，李孟奕的腳終於拆了石膏，雖然一開始還有點行動不方便，偶爾仍會習慣性的用單腳跳著走，不過在家裡，他努力的用兩隻腳慢慢的保持平衡行走，自己做復健的運動。

周曉霖自從先前那段時間不常在家後，情形已經變成一種慣例。一開始，李孟奕也不習慣，但他沒跟她吵，問她為什麼，回答不是在做報告，就是在學校圖書館念書，準備國家考試。

老實說，李孟奕心裡多少有些不爽快。以前就算周曉霖趕報告或準備學校的期中、期末考，還是在家裡的時間多，況且讀書或做報告對她來說，根本就不是什麼困難的事。

但他自覺再怎麼說自己也是男孩子，如果拿這種小事去跟女朋友爭吵，未免顯得他太小家子氣，不大方。

所以，他只好拚命壓抑著。

但是，僅管他的脾氣藏得再好，多努力壓抑情緒，一旦有個風吹草動，還是會猶如沉睡後甦醒的火山般，整個大爆發。

他們兩人最嚴重的一次爭執，就發生在期末考前一週。

那天，周曉霖一如往常的晚歸，李孟奕躲在房間裡念書，到晚上十點左右，肚子餓得咕嚕咕嚕叫，只好抓了把零錢塞進口袋，打算到巷口那間專賣宵夜的豆漿店買兩顆包子回來充飢。

當他拎著裝包子的塑膠袋晃啊晃的回到他家樓下時，卻看到周曉霖正從一部機車上下來，巧笑倩兮的對坐在機車上的男生說再見。

那笑容好熟悉、好甜蜜、好懷念。

李孟奕怔住了，站在一旁傻傻的看著他們，好像在看一部電影，電影裡的男女主角正快樂的笑著，而他的心裡卻有濃濃的悲哀。

是誰變了？他跟她，到底是誰先變了？

對方騎車離去後，李孟奕奮力衝上前，抓住周曉霖的手。

她尖叫了一聲，還以為是被什麼流浪漢或歹徒抓住，定睛一看是李孟奕，瞬間安心了。

她看著他說：「你嚇了我一跳。」

那語氣，就像平常兩人講話時那般的自然，她甚至沒為前幾分鐘做過的事而感到愧疚或不安。

李孟奕的火氣瞬間全來了！

他鐵青著一張臉，拉著周曉霖回到他們的家，關上大門後，他的情緒整個暴走。

他們吵了一架……不！應該說，是李孟奕發了一頓好大的脾氣，甚至摔壞了周曉霖送給他的馬克對杯，那是李孟奕最喜歡的一對杯子。

人在盛怒下，是完全沒有理智的。

周曉霖卻不為自己辯解，大部分時間她都冷靜的沉默著，只讓李孟奕一個人在那裡跳上跳下的發怒咆哮。李孟奕看她越是不跟他吵，火氣就越大，她表示得越不在乎，他就越覺得自己是個笨蛋，為什麼會笨到愛上這麼一個人！

後來吵累了，李孟奕耐住性子問周曉霖，「妳有沒有什麼話要對我說？」

他原本指望周曉霖會對他說句「對不起」或「那個人是我同學，他只是順路送我回家」，再或者是「我下次不會再這樣了」……不管是什麼回答，他都會原諒她，誰叫他那麼愛她。

但周曉霖只是看著他，淡淡的說了句，「沒有。」

李孟奕的火氣瞬間又湧上來，這次他不再跟她吵，而是直接走進自己的房間裡，用力的甩上門，把她隔離在他的房門外。

但他不知道的是，當時被他隔離的，還有自己的心，和她的心。

我們都沒有錯，卻因為太在乎彼此，而不斷用自己的方式，用力的傷害對方。

連續好幾天，李孟奕都沒再看見周曉霖。

她總是在他睡醒之前就已經離家，等晚上他睡著之後，她才回來。

李孟奕的氣早就已經消了，卻還是倔強的不肯主動向對方低頭。

她的躲避對他來說，是讓彼此喘息的一個機會。

李孟奕想，也許再過幾天，他就會放下身段去向周曉霖求和，或者，周曉霖會主動來敲他的房門，問他要不要吃一塊五分熟安格斯牛排。

即使是在危機時刻，他仍保有樂觀的心態。周曉霖曾說，這是他的優點。

期末考結束那天，李孟奕提早回家，已經連續好幾天為了讀書沒有好好休息，李孟奕在交卷後，委婉拒絕胡禹承說要去KTV狂歡的邀約，直接回到住處，打算好好補個眠。回家的路上他還計畫著，也許等睡醒了之後，痞痞的向周曉霖撒個嬌，邀她去看場電影，重新修復兩人之間的愛情。

但他才打開家裡大門，就被眼前的景象駭住。

周曉霖正拖著兩大箱行李準備出門，人還沒走到大門前，門就被李孟奕打開了。

李孟奕看著那兩箱行李，又看看周曉霖，心裡馬上明白這是什麼情形，只是他不願意去相信。他壓抑住心裡的恐懼問著，「妳這是幹什麼？」

周曉霖抬頭看著他，臉上沒有任何表情，她慢慢的說：「李孟奕，我要搬出去了。」

李孟奕難掩震驚的神色，瞪大了眼看她，雖然早猜出她的決定，但這句話從她口中說出來，卻依然驚天動地。

「我爸知道我跟你住在一起的事了，他很生氣，說我不知檢點，說女孩子不能這樣，會被人家說話的。」

周曉霖的聲音很平淡，像在敘述別人的故事一樣，沒有一點起伏。

「我會負責啊！周曉霖，妳去跟妳爸說，我會負責！妳知道的，我不是那種沒有責任感的人！」李孟奕著急了，他一急，講話的速度就會加快，又補充一句，「不然我們現在就先去登記結婚？反正妳也要畢業了，妳跟妳爸說，只要等我醫學院畢業，很快就會開始賺錢，一定不會讓妳吃苦的。」

周曉霖搖搖頭，說：「他不會接受的。他是舊時代的人，沒辦法接受我們這種新時代的做法，他要我跟你……分手。」

分、手！

這兩個字，打得李孟奕頭昏腦脹！

「不行，周曉霖，這講不通啊！」李孟奕拉住她的手，急得眼眶泛紅，他叫著，「妳不能因為妳爸叫妳跟我分手，妳就答應啊！我們明明那麼相愛，為什麼妳要聽妳爸的話呢？這樣對我很不公平，妳知道嗎？」

周曉霖甩開他的手，還是那副淡淡的語氣。她說：「這個世界上，我只剩我爸一個親人，所以不管他叫我做什麼事，我都會答應，因為跟愛情比起來，親情才是我心裡最在乎的。」

「周曉霖……」

「李孟奕，謝謝你愛過我，跟你在一起，我真的很幸福也很快樂，可是這個世界上，有很多事都是我們不能掌控的，就像我不能勉強你停止喜歡我、就像我不能強迫自己繼續去喜歡你……我只能說，緣分淡了、感情薄了，就該離開。拖著，只是延續傷痛的時間，撐著，只是加深傷口的裂痕。所以我們分手吧！」

「我不要！」李孟奕大吼。

「沒有辦法了，李孟奕，我真的沒有辦法跟你再繼續走下去了。」周曉霖深吸了一口氣，苦澀地笑著，「那天那個男生，我沒跟你說清楚，其實我們早就偷偷交往一段時間了。那時我沒跟你說，是因為你還在養傷，我不想太刺激你，所以……是的，我已經不愛你了，也請你放棄我吧，讓我去尋找我的幸福，我會感激你的。」

「我不要！」李孟奕眼前一陣輕霧迷離，他嚷著。

「李孟奕，成熟點！當初我們說好的，如果有一天，我對你沒感覺，我就能離開。現在是時候了。」

「我不要！」李孟奕的眼淚掉下來了，他的聲音弱了下去，還帶著一點哭腔。

「反正我的心已經不在你身上，再留著我，也只是留住一個沒有心的人，這樣對你有什麼好處？放手吧，我們都會更幸福。」

「我不要！」李孟奕走過去，抓住她。他低著頭，肩膀顫抖得好厲害。

周曉霖輕輕的撥開他的手，口氣還是很平靜，她說：「你要好好照顧你自己，三餐一定要正常吃，早餐千萬不可以偷懶漏掉。平常要多吃蔬果，不要挑食。晚上要早點睡，不然肝會不好。冰箱下層的抽屜裡還有一些中藥材，你要拿出來自己煮來喝，如果不會煮，就用熱水泡開來喝，那是讓你補精氣的……感冒藥跟胃藥就放在客廳電視櫃旁的抽屜裡，你要記住……」

周曉霖講到後來，語氣終於有點哽咽。

李孟奕又趁機抓住她的手，懇求的說：「妳不要走，好不好？妳別不要我，好不好？妳走了，我要怎麼辦？沒有妳，我要怎麼辦？」

周曉霖紅著眼眶看了他一眼，說：「可是我不愛你了啊。」

「但我愛妳啊。」

她搖搖頭，「我沒辦法跟一個我不愛的人在一起，所以，我們還是分手吧！」

說完，她拂開了李孟奕的手，環顧四周，「都整理好了，那……我走了，再見。」

周曉霖閃過他，向門口走去。李孟奕急了，他衝過去想抓住她，卻撲了個空，周曉霖加快腳步往電梯的方向奔去，正巧電梯停在他們這個樓層，於是她拉著行李箱迅速的閃進電梯裡，關了電梯門。

李孟奕追出來，衝到闔上的電梯門前，拚命的拍著門。

「周曉霖、周曉霖、周曉霖……」他喊。

一旁的電梯樓層指示器，顯示電梯正一層一層往下，李孟奕轉身衝到樓梯間，三步併作兩步的向下跑，彷彿身後有毒蛇猛獸在追逐他，如果動作慢點，將會被徹底吞噬。

那是第一次，他覺得五層樓的樓梯怎麼這麼長，急得快要哭了。

也許是因為跑得太快，每一步都像踩在雲上般不踏實，心又那麼急迫，於是在二樓要通往一樓的轉角處，一個打滑，整個人往下摔了幾層階梯，撞到了之前受傷骨折的地方，那痛撕心裂肺，李孟奕只能抓著樓梯欄杆，咬牙忍痛。

他聽見一樓電梯打開的聲音，聽見周曉霖拖著行李從電梯裡出來的腳步聲。

於是，他用盡所有氣力大喊，「周曉霖，妳回來！」

樓下的周曉霖，腳步並沒有遲疑。她應該是聽見他的聲音了，但沒有回應他，也沒停下往外走的腳步。

李孟奕試著站起身，但他一站起來，眼前就一陣黑，傷口正陣陣刺痛著。

「周曉霖，妳不要走……妳回來……」

他聲嘶力竭的喊著，眼淚在那一刻，潸然如雨，心，徹底崩裂。

他明白，周曉霖是不會再回來了！她就是那麼驕傲又決絕，一旦下了決心要離開，她就不會再回頭。

他趴在地上哭了起來，感覺有一半的自己，已經不見了、死了、不會再回來了……

周曉霖帶走那一半的李孟奕，所以他，不完整了。

有一半的自己，已經不見了、死了、不會再回來了……

李孟奕的悲傷持續很久，久到他不肯再交女朋友，久到他寧願單身也不願再被傷害。

他終於了解楊允程當年失戀時，為什麼會魂不附體、為什麼會如行屍走肉。

原來當你很愛很愛一個人，而他卻執意離開你時，你會喪失求生意志，會寧願真的死掉。

醫學院的課業完成後，李孟奕去服了兵役，進入醫院正式工作，目前是住院醫師，資歷雖然淺，但因為實習那兩年跟在一個很厲害的老師身邊，所以在醫界也算小有名氣。

只是醫生的工作，一忙起來就日夜顛倒、三餐不定時，所以常鬧胃痛。

這一天，李孟奕早上接連開完兩台刀，再回辦公室時，已經是下午一點多了。

他打開放在辦公桌上的便當，才吃了兩口，手機鈴聲就叮叮咚咚的響起。

他瞄了一眼手機螢幕，上面顯示三個字：小麻煩。

那是李孟奕給他妹妹的綽號，這小鬼還真是名副其實的是麻煩鬼一名！

「哥，你媽派我這個小傳聲筒問你，這個星期六，你要不要回家一趟？」

按下通話鍵後，電話那頭，李孟芯的聲音，活力十足的傳過來。

「她要幹麼？」李孟奕左手拿著手機，右手揉著眉心，心想：這死老太婆肯定又不安好心了！

「當然不會是什麼好事囉。」李孟芯依然是笑嘻嘻的聲音，十分快樂的樣子。

「妳可以再沒良心一點！媽這次又在耍什麼心機？」

「也沒耍什麼心機，大概就是貴婦的無聊日子過膩了，想要抱個小孩來玩玩，新鮮新鮮一下！然後又覺得你年紀也差不多到了該結婚生小孩的階段，所以安排了一個不怎麼漂亮，但家裡有點錢的小姐要給你認識。」

「妳怎麼知道人家不怎麼漂亮？」

「我看過照片啊。」

「喔，那妳說說，所謂的不漂亮是有多不漂亮？」

「就是、嗯……」李孟芯想了一下，又笑起來，「反正就是像潘阿姨那樣啦，絕對不會是你喜歡的型！」

潘阿姨是李孟奕媽媽的好朋友，幾乎天天都到他家去串門子，每次看見他們兄妹倆總是咧嘴微笑，但李孟奕跟李孟芯都覺得她笑起來的樣子很像巫婆。小時候，他們還偷偷討論過潘阿姨會不會其實就是一名巫婆，說不定潘家還有閣樓跟地下室，她會在地下室裡煮各式各樣的魔法藥水，晚上爬上閣樓打開天窗，騎著掃把在夜空中飛行。

立。

潘阿姨，確實不是李孟奕喜歡的類型，光看到她臉上的笑意，就能逼得他全身寒毛豎立。

「那妳幫我跟老媽說，這星期沒空。」

「好啊，那有什麼問題。不過……嘿嘿，你是不是該給我些什麼獎賞啊？人家是好學生，不隨便說謊的。」

「什麼獎賞啦？我上個月不是才剛給妳一萬元，這麼快就花光啦？」李孟奕嘆氣，「李孟芯，妳這樣的花錢法很可怕欸，再這樣下去，看以後有哪個男人敢娶妳，根本就沒有人養得活妳啊！」

「我幹麼要靠男人養活我？等我研究所畢業，就可以自己養活自己啦！況且……」李孟芯還是一派心無城府的樂天模樣，撒嬌著說：「人家還有你嘛！哥哥耶，哥哥是用來幹麼的你知道嗎？」

「幹麼的？」李孟芯的答案肯定不會太正面，李孟奕想像得到。

「用來撒嬌、耍賴、寵我的嘛。」李孟芯聲音又比剛才更嬌滴滴十倍，「是不是啊，哥哥？」

最後那聲「哥哥」尾音還往上飄，搭配她那有點童音的聲音，一整個超殺！難怪陳竣博曾對他說：「你妹的聲音根本就可以去〇二〇四上班，尤其是她撒嬌起來時，那聲音喔……厚，簡直是人間極品的銷魂啊！」

因為陳竣博的那句話，李孟奕足足生了他三天氣。他雖然不是百分之百的好哥哥，但保護妹妹的使命感，還是有的！他絕不容許別人說這麼低級的話，汙衊他的妹妹。

「是妳個頭！」李孟奕抬頭看看牆上的鐘。休息時間就要結束了，他卻連午餐都還沒吃，「不聊了，我還沒吃午餐呢。媽那邊妳先替我檔著，回去我再看要拿什麼東西酬謝妳。」

「我已經想好我要什麼了！」李孟芯像逮到機會般的接口，「你只要給我買香奈兒最新一季的包包就好，你看你妹多貼心，知道你日理萬機，所以先幫你想好了，省得你又要為我的禮物揪斷好幾根頭髮，那我可真的會良心不安了，是不是呀？哥，你妹我啊，真的是有夠體貼的。」

「屁啦妳！」李孟奕忍不住啐了一聲，「除了設計妳老哥，還會什麼？花這麼多心思在盤算妳哥，怎不多花點心思想想畢業後要做什麼？不要老是一天到晚吃喝玩樂，這種沒大腦的事，不是妳一個研究所學生該做的！」

李孟奕話才出口，就驚覺自己似乎把話講重了。其實李孟芯只是玩心比較重，並不是不知輕重的女生，不過李孟奕實在是求好心切，才會用這麼嚴厲的口氣數落她。

幸好，李孟芯是個神經大條的女生，老是聽哥哥這樣嘮叨，早就習慣了，壓根不以為意。

「啊，對了！哥，我前幾天跟同學去逛百貨公司時，有遇到曉霖姊欸。」

聽到「曉霖」這兩個字時，李孟奕的胸口倏然一窒，彷彿被什麼東西擊中般，有一絲疼痛，輕輕的在他的心頭拉扯著。

總聽人家說，時間是治療傷痛的最佳良藥，即使是再深、再痛、再揪心的傷口，一旦被時光沖淡後，總能癒合。

雖然說可能會留疤，但即使不經意撫觸，也不再有任何奇異感受，甚至，根本就記不起當初的自己，是用怎麼樣的一種心情，去愛著那個人……

生命，畢竟比記憶更悠遠。

然而有些痛，卻是時間沖洗不掉的。它只會沉澱在心裡，反覆作繭，將傷痛層層包裹，壓在心頭最脆弱的那個角落，變成生命裡最沉痛的遺憾。

「喔。」李孟奕聲音淡淡的，他很努力讓自己的聲音聽起來無所謂，「妳去百貨公司幹麼？」

「哥，我去百貨公司幹麼不是重點吧？重點是，我遇見了曉霖姊，周、曉、霖。」

李孟芯越講到後來，越加重語氣。她知道哥哥曾經深深的喜歡過周曉霖，也知道他直到眼下，都還沒從那段情傷裡走出來。

「我等等還有一台刀，時間快到了，要趕快去做準備。下次再跟妳聊啦，先掛了。」

沒等妹妹回應，李孟奕直接結束通話，把手機切換成靜音模式，塞進長褲口袋裡，但思緒卻沒辦法跟著切斷的電話，讓一切歸於平靜。

原本以為自己已經夠堅強，不會再為那個曾經深深傷害過他的女生而悲痛，但原來一切都只是自以為是。一聽到她的名字，他的堅強竟就這麼瞬間瓦解。

他相信，每個人，一輩子都有一件深刻銘心的遺憾，是不管時光的洪流再怎麼沖刷洗滌，也洗不去的傷痛。

「周曉霖」這三個字，就是他生命裡最最沉重的痛，最最揮之不去的遺憾。

就算是用盡世界上全部的詞彙，也無法形容那股落在他心底的酸楚；曾有一段時間，他以為自己會隨著她的離去而跟著死亡。

不過，他終究還是撐過那段行屍走肉的歲月，一個人慢慢的走、慢慢的撐、慢慢的讓自己看起來無恙……

只是看起來。

人總是習慣把最美好的自己呈現在所有認識的、不認識的人面前，唯有自己跟自己獨處的時刻，才能照見最醜陋的、滿身傷痕的自己。

李孟奕嘆了一口氣，靠在椅背上。閉起眼睛時，仍然可以清楚的回憶起周曉霖當初決絕離開時的神態。

我已經不愛你了，也請你放棄我吧，讓我去尋找我的幸福，我會感激你的。

明明是他最喜歡的那張臉，但她的臉上，卻有著他陌生的冷漠表情；明明是他最喜歡的那雙眼，但她的眼裡，卻透露出他不熟悉的厭惡神色；明明是他總愛偷襲親吻的那張櫻桃小口，但她嘴裡說出來的，卻是足以捅他千萬刀的傷人言語。

直至今日，他仍不明白她是怎麼了。即使最後他用力的拉住她的手，請她不要走，在她殘忍的撥開他的手後，拚命的追著她、叫著她的名字，但她終究還是決絕的拂袖而去，不讓他有任何挽留的機會。

還沒交往的時候，她曾經有一次這麼對他說，她說：「在這個世界上，沒有什麼是可以永遠的，尤其是愛情。」

他是在她離開的那一瞬間，才通透明白殘忍的事實。

明白了在這個世界上，真的沒有什麼是可以永遠的，尤其是，愛情……

這些都是在她離開之後，他才徹底了解的。

因為走過了、了解了、明白了，所以他慢慢的放手了。

再不甘心，終究還是得甘心。

楊允程說過，最愛的，永遠都是藏在心裡最深處的那個人，而陪在身邊的，卻不是讓你朝朝暮暮思念的那個人；可是，這就是人生，你既然無力抗拒，只好默默接受。

李孟奕明白的。

所以，儘管「周曉霖」這三個字在此時此刻，仍會讓他心頭滑過一絲隱約的疼痛，但或許再過幾年後，終究會雲淡風輕。

至少現在的他，已經不再像過去那段日子那般的落魄，或在許維婷面前無力的痛哭失聲了。

一切都會好的。

真的！只要時間過得再久一點，再深刻的記憶，終究還是會淡化。

到那個時候，他就能完全康復了。

他期待那天的到來，期待未來的某一天，當他聽到周曉霖的名字時，不會再有任何情緒反應，頂多只是笑笑的說：「啊！我記得她，我以前的同學嘛。」

又或者，在偶然相遇時，他可以非常自然的向她招呼微笑，如分別又相逢的老朋友般，關心的問她，「最近好不好？結婚了嗎？有沒有小孩子了？」

雖然多少會難免遺憾，畢竟他曾經那麼用心的喜歡過她，而她也確實曾存在於他的未來藍圖裡，但這個世界上，很多事是沒法勉強的。
緣份是一種或然率，情深緣淺，誰也沒有辦法左右。
但至少他可以學著祝福、學著看開、學著對她微笑，學著跟她閒話家常……在未來、
在他們或許會再相遇的那一天裡。
他知道，有一天，他一定可以變得這麼豁達。
他知道，他可以的。

◎在這個世界上，沒有什麼是可以永遠的，尤其是愛情。

【全文完】

-後記-

故事總是未完，幸福總是待續

彷彿有很長一段時間，我沒寫校園愛情故事了，大概是因為離校園生活已經有一段距離。而我總想：人的確是該長大了，遠離了校園，就該來到現實又殘酷的大人世界。

本來這次寫的，是要以大人世界的愛情故事為主軸，但錯在時間點的安排是在學生時代，又錯在學生時代的安排起點是在國中階段，所以總覺得，如果不把他們的學生生活做個徹底的交代，好像會有點對不起男女主角。

我其實是很喜歡這個故事的！

大概是因為太久沒有寫校園愛情了，所以寫起來，格外的懷念也順手。學生生活終究是比成人的世界單純些，喜歡總像是壓在胸口上的那一塊石，有一點點沉重，有一點點痛，可是有時卻又像是片羽毛，輕飄飄的，心情總在看到對方笑容的那瞬間，輕快得像隨時會飛起來似的。

這次的故事裡，穿插了晴菜上一本書《我們，別做朋友了》裡男主角胡禹承的片段故事。因為是發生在大學時代，所以時間上有重疊性，但卻沒有太多屬於禹承的戲碼。我原來的構想是，禹承跟李孟奕畢業後在同一間醫院任職，那時他們會有較多的對手戲……結果，故事出乎我自己意料，在學生時代著墨太多，出社會的故事，就只能變成下一個故事了（屆時，我一定會去纏著咱們可愛的晴菜姊姊幫我跨刀，哈！）。

這次故事的女主角，個性比較不像我之前寫的其他故事裡的女孩。

周曉霖是個個性有點悶，感情又內斂的女生。但我很喜歡她。她不是會隨便把心裡的不快樂告訴別人的人，總是安靜的傾聽別人的心事，真心希望自己喜歡的人快樂幸福的女生，所以她忍受了別離的痛苦，只為了某種成全……（這裡又要賣關子了，會在下本書裡揭曉！）

我也很喜歡李孟奕，他很開朗、重義氣，總是以守護者的姿態，默默的喜歡周曉霖；他很長情，他很在乎朋友，家裡很有錢，但他不會用錢砸人（嗯……這句怪怪的！）。他把這輩子最好的感情給了周曉霖，周曉霖卻帶著他最深的期待離開……他是個徹底的悲劇人物，還在等一個相遇的奇蹟。

故事敲下最後一個字的時候，我其實沒有解脫的感覺，因為故事總是未完，而幸福還在待續，所以接下來我該進行的，就是他們之後的發展。

不管日後我是秉持「故事就該悲劇才夠驚心動魄」的慣性原則，或是突然佛心來著，賜給他們兩個人一個幸福又美好的happy ending，總之，既然故事起了頭，就該好好的結個尾，是吧？

希望這個故事，你們依然會喜歡。

Sunny

於黃色風鈴木盛開的初春府城

國家圖書館出版品預行編目資料

擦肩而過,我和你的愛情／Sunry 著. -- 初版. -- 臺北市：
商周出版：家庭傳媒城邦分公司發行, 民104.4
面：　公分. --（網路小說；244）
ISBN 978-986-272-768-3（平裝）

857.7　　104003049

擦肩而過，我和你的愛情

作　　者／Sunry
企畫選書人／楊如玉、陳思帆
責任編輯／陳名珉、陳思帆

版　　權／翁靜如
行銷業務／李衍逸、黃崇華
總 編 輯／楊如玉
總 經 理／彭之琬
發 行 人／何飛鵬
法律顧問／台英國際商務法律事務所　羅明通律師
出　　版／商周出版
城邦文化事業股份有限公司
台北市民生東路二段 141 號 9 樓
電話：(02) 25007008　傳真：(02) 25007759
Blog：http://bwp25007008.pixnet.net/blog
E-mail：bwp.service@cite.com.tw
發　　行／英屬蓋曼群島商家庭傳媒股份有限公司城邦分公司
台北市民生東路二段 141 號 2 樓
書虫客服服務專線：(02) 25007718、(02) 25007719
服務時間：週一至週五上午09:30-12:00；下午13:30-17:00
24 小時傳真專線：(02) 25001990、(02) 25001991
劃撥帳號：19863813；戶名：書虫股份有限公司
讀者服務信箱：service@readingclub.com.tw
城邦讀書花園：www.cite.com.tw
香港發行所／城邦（香港）出版集團有限公司
香港灣仔駱克道193號東超商業中心1樓
E-mail：hkcite@biznetvigator.com
電話：(852)25086231　傳真：(852) 25789337
馬新發行所／城邦（馬新）出版集團【Cité (M) Sdn. Bhd.】
41, Jalan Radin Anum, Bandar Baru Sri Petaling,
57000 Kuala Lumpur, Malaysia.
Tel: (603) 90578822　Fax:(603) 90576622
email:cite@cite.com.my

封面設計／黃聖文
版型設計／小題大作
排　　版／新鑫電腦排版工作室
印　　刷／高典印刷有限公司
總 經 銷／高見文化行銷股份有限公司
電話：(02) 26689005　傳真：(02) 26689790
客服專線：0800-055-365

■ 2015 年 4 月初版
定價220元

Printed in Taiwan
城邦讀書花園 www.cite.com.tw

ISBN　978-986-272-768-3

廣　告　回
北區郵政管理登記
台北廣字第000791
郵資已付，免貼郵

104台北市民生東路二段141號2樓

英屬蓋曼群島商家庭傳媒股份有限公司　城邦分公司

請沿虛線對摺，謝謝！

書號：BX4244　　**書名**：擦肩而過，我和你的愛情　**編碼**：

請於此處用膠水黏貼

商周出版

讀者回函卡

感謝您購買我們出版的書籍！請費心填寫此回函卡，我們將不定期寄上城邦集團最新的出版訊息。

不定期好禮相贈！
立即加入：商周出版
Facebook 粉絲團

姓名：＿＿＿＿＿＿＿＿＿＿＿＿ 性別：☐男 ☐女

生日：西元＿＿＿＿＿年＿＿＿＿＿月＿＿＿＿＿日

地址：＿＿＿＿＿＿＿＿＿＿＿＿

聯絡電話：＿＿＿＿＿＿＿＿ 傳真：＿＿＿＿＿＿＿＿

E-mail ：

學歷：☐ 1. 小學 ☐ 2. 國中 ☐ 3. 高中 ☐ 4. 大學 ☐ 5. 研究所以上

職業：☐ 1. 學生 ☐ 2. 軍公教 ☐ 3. 服務 ☐ 4. 金融 ☐ 5. 製造 ☐ 6. 資訊
☐ 7. 傳播 ☐ 8. 自由業 ☐ 9. 農漁牧 ☐ 10. 家管 ☐ 11. 退休
☐ 12. 其他＿＿＿＿＿＿＿＿

您從何種方式得知本書消息？

☐ 1. 書店 ☐ 2. 網路 ☐ 3. 報紙 ☐ 4. 雜誌 ☐ 5. 廣播 ☐ 6. 電視
☐ 7. 親友推薦 ☐ 8. 其他＿＿＿＿＿＿＿＿

您通常以何種方式購書？

☐ 1. 書店 ☐ 2. 網路 ☐ 3. 傳真訂購 ☐ 4. 郵局劃撥 ☐ 5. 其他＿＿＿＿

您喜歡閱讀那些類別的書籍？

☐ 1. 財經商業 ☐ 2. 自然科學 ☐ 3. 歷史 ☐ 4. 法律 ☐ 5. 文學
☐ 6. 休閒旅遊 ☐ 7. 小說 ☐ 8. 人物傳記 ☐ 9. 生活、勵志 ☐ 10. 其他

對我們的建議：＿＿＿＿＿＿＿＿＿＿＿＿

【為提供訂購、行銷、客戶管理或其他合於營業登記項目或章程所定業務之目的，城邦出版人集團（即英屬蓋曼群島商家庭傳媒（股）公司城邦分公司、城邦文化事業（股）公司），於本集團之營運期間及地區內，將以電郵、傳真、電話、簡訊、郵寄或其他公告方式利用您提供之資料（資料類別：C001、C002、C003、C011 等）。利用對象除本集團外，亦可能包括相關服務的協力機構。如您有依個資法第三條或其他需服務之處，得致電本公司客服中心電話 02-25007718 請求協助。相關資料如為非必要項目，不提供亦不影響您的權益。】

1.C001 辨識個人者：如消費者之姓名、地址、電話、電子郵件等資訊。
2.C002 辨識財務者：如信用卡或轉帳帳戶資訊。
3.C003 政府資料中之辨識者：如身分證字號或護照號碼（外國人）。
4.C011 個人描述：如性別、國籍、出生年月日。

請於此處用膠水黏貼